인생손님

인생손님

사랑손님과 어머니 이어쓰기

주요섭 원작

이동하

박성원

조현

신혜진

정한아

조해진

박규민

교보문고

· 차례 ·

원작

사랑손님과 어머니

나는 금년 여섯 살 난 처녀애입니다. 내 이름은 박옥희이고요. 우리 집 식구라고는 세상에서 제일 이쁜 우리 어머니와 단 두 식구뿐이랍니다. 아차, 큰일났군, 외삼촌을 빼놓을 뻔했으니.

　지금 중학교에 다니는 외삼촌은 어디를 그렇게 싸돌아다니는지, 집에는 끼니 때 외에는 별로 붙어 있지 않아, 어떤 때는 한 주일씩 가도 외삼촌 코빼기도 못 보는 때가 많으니까요. 깜박 잊어버리기도 예사지요, 무얼.

　우리 어머니는, 그야말로 세상에서 둘도 없이 곱게

생긴 우리 어머니는, 금년 나이 스물네 살인데 과부랍니다. 과부가 무엇인지 나는 잘 몰라도, 하여튼 동리 사람들이 날더러 '과부 딸'이라고들 부르니까, 우리 어머니가 과부인 줄을 알지요. 남들은 다 아버지가 있는데, 나만은 아버지가 없지요. 아버지가 없다고 아마 '과부 딸'이라나 봐요.

외할머니 말씀을 들으면, 우리 아버지는 내가 이 세상에 나오기 한 달 전에 돌아가셨대요. 우리 어머니하고 결혼한 지는 1년 만이고요. 우리 아버지의 본집은 어디 멀리 있는데, 마침 이 동리 학교에 교사로 오게 되었기 때문에, 결혼 후에도 우리 어머니는 시집으로 가지 않고 여기 이 집을 사고 (바로 이 집은 우리 외할머니 댁 옆집이지요) 여기서 살다가 1년이 못 되어 갑자기 돌아가셨대요. 내가 세상에 나오기도 전에 아버지는 돌아가셨다니까, 나는 아버지 얼굴도 못 뵈었지요. 그러니 아무리 생각해보아도 아버지 생각은 안 나요. 아버지 사진이라는 사진은 나두 한두 번 보았지요. 참으로 훌륭한 얼굴이야요. 아버지가 살아 계신다면 참말로 이 세상에서 제일가는 잘난 아버지일 거야요. 그런 아버지를 보지도 못한 것은 참으로 분한 일이야요. 그 사진도 본 지가 퍽 오래되었는데, 이전에는 그 사진을 늘 어머니 책상 위에 놓아 두시더니, 외할머니가 오시면 오실 때마다 그 사진을 치우라고 늘 말씀하셨는데, 지금은 그 사진이 어디 있는지 없어졌어요. 언젠가 한번 어머니가 나 없는 동안에 몰래 장롱 속에서 무엇을 꺼내 보시다가 내가 들어오니까 얼른 장롱 속에 감추는 것을 내가 보았는데, 그게 아마 아버지 사진인 것 같았어요.

아버지가 돌아가시기 전에 우리가 먹고살 것을 남겨 놓고 가셨대요. 작년 여름에, 아니로군, 가을이 다 되어서군요. 하루는 어머니를 따라서 여기서 한 10리나 가서 조그만 산이 있는 데를 가서 거기서 밤도 따 먹고, 또 그 산 밑에 초가집에 가서 닭고깃국을 먹고 왔는데, 거기 있는 땅이 우리 땅이래요. 거기서 나는 추수로 밥이나 굶지 않게 된다고요. 그래도 반찬 사고 과자 사고 할 돈은 없대요. 그래서 어머니가 다른 사람의 바느질을 맡아서 해주지요. 바느질을 해서 돈을 벌어서, 그걸로 청어도 사고 달걀도 사고 내가 먹을 사탕도 사고 한다고요.

그리고 우리 집 정말 식구는 어머니와 나와 단둘뿐인데, 아버님이 계시던 사랑방이 비어 있으니까 그 방도 쓸 겸, 또 어머니의 잔심부름도 좀 해줄 겸 해서 우리 외삼촌이 사랑방에 와 있게 되었대요.

금년 봄에는 나를 유치원에 보내준다고 해서, 나는 너무나 좋아서 동무아이들한테 실컷 자랑을 하고 나서 집으로 돌아오노라니까, 사랑에서 큰외삼촌이 (우리 집 사랑에 와 있는 외삼촌의 형님 말이야요) 웬 한 낯선 사람 하나와 앉아서 이야기를 하고 있었습니다. 큰외삼촌이 나를 보더니,

"옥희야."

하고 부르겠지요.

"옥희야, 이리 온. 와서 아저씨께 인사드려라."

나는 어째 부끄러워서 비실비실하니까 그 낯선 손

님이,

"아, 그 애기 참 곱다. 자네 조카딸인가?"

하고 큰외삼촌더러 묻겠지요. 그러니까 큰외삼촌은,

"응, 내 누이의 딸…. 경선 군의 유복녀 외딸일세."

하고 대답합니다.

"옥희야, 이리 온, 응! 그 눈은 꼭 아버지를 닮았네그려."

하고 낯선 사람이 말합니다.

"자, 옥희야, 커단 처녀가 왜 저 모양이야. 어서 와서 이 아저씨께 인사드려라. 너의 아버지의 옛날 친구신데, 오늘부터 이 사랑에 계실 텐데 인사 여쭙고 친해두어야지."

나는 이 낯선 손님이 사랑방에 계시게 된다는 말을 듣고 갑자기 즐거워졌습니다. 그래서 그 아저씨 앞에 가서 사붓이 절을 하고는 그만 안마당으로 뛰어들어왔지요. 그 낯선 아저씨와 큰외삼촌은 소리 내서 크게 웃더군요.

나는 안방으로 들어오는 나름으로 어머니를 붙들고,

　"엄마, 사랑에 큰외삼촌이 아저씨를 하나 데리고 왔는데에, 그 아저씨가아 이제 사랑에 있는대."

　하고 법석을 하니까,

　"응, 그래."

　하고, 어머니는 벌써 안다는 듯이 대수롭지 않게 대답을 하더군요. 그래서 나는,

　"언제부터 와 있나?"

　하고 물으니까,

　"오늘부텀."

　"애구 좋아."

　하고 내가 손뼉을 치니까, 어머니는 내 손을 꼭 붙잡으면서,

　"왜 이리 수선이야."

　"그럼 작은외삼촌은 어데루 가나?"

　"외삼촌도 사랑에 계시지."

　"그럼 둘이 있나?"

　　　　　　　　　　　　　　　　　인생손님

"응."

"한방에 둘이 있어?"

"왜 장지문 닫구 외삼촌은 아랫방에 계시구, 그 아저씨는 윗방에 계시구, 그러지."

나는 그 아저씨가 어떠한 사람인지는 몰랐으나, 첫날부터 내게는 퍽 고맙게 굴고, 나도 그 아저씨가 꼭 마음에 들었어요. 어른들이 저희끼리 말하는 것을 들으니까, 그 아저씨는 돌아가신 우리 아버지와 어렸을 적 친구라고요. 어디 먼 데 가서 공부를 하다가 요새 돌아왔는데, 우리 동리 학교 교사로 오게 되었대요. 또 우리 큰외삼촌과도 동무인데, 이 동리에는 하숙도 별로 깨끗한 곳이 없고 해서 윗사랑으로 와 계시게 되었다고요. 또 우리도 그 아저씨한테 밥값을 받으면 살림에 보탬도 좀 되고 한다고요.

그 아저씨는 그림책들을 얼마든지 가지고 있어요. 내가 사랑방으로 나가면 그 아저씨는 나를 무릎에 앉히고 그림책을 보여줍니다. 또 가끔 과자도 주고요.

어느 날은 점심을 먹고 이내 살그머니 사랑에 나가

보니까, 아저씨는 그때야 점심을 잡수셔요. 그래 가만히 앉아서 점심 잡숫는 걸 구경하고 있노라니까 아저씨가,

"옥희는 어떤 반찬을 제일 좋아하누?"

하고 묻겠지요. 그래 삶은 달걀을 좋아한다고 했더니, 마침 상에 놓인 삶은 달걀을 한 알 집어주면서 나더러 먹으라고 합니다. 나는 그 달걀을 벗겨 먹으면서,

"아저씨는 무슨 반찬이 제일 맛나우?"

하고 물으니까 그는 한참이나 빙그레 웃고 있더니,

"나두 삶은 달걀."

하겠지요. 나는 좋아서 손뼉을 짤깍짤깍 치고,

"아, 나와 같네. 그럼, 가서 어머니한테 알려야지."

하면서 일어서니까 아저씨가 꼭 붙들면서,

"그러지 말어."

그러시겠지요. 그래도 나는 한번 맘을 먹은 다음엔 꼭 그대로 하고야 마는 성미지요. 그래서 안마당으로 뛰어들어가면서,

"엄마, 엄마, 사랑 아저씨두 나처럼 삶은 달걀을 제일 좋아한대."

하고 소리를 질렀지요.

"떠들지 말어."

하고 어머니는 눈을 흘기십니다.

그러나 사랑 아저씨가 달걀을 좋아하는 것이 내게는 썩 좋게 되었어요. 그것은 그 다음부터는 어머니가 달걀을 많이씩 사게 되었으니까요. 달걀 장수 노파가 오면, 한꺼번에 열 알도 사고 스무 알도 사고, 그래선 두고두고 삶아서 아저씨 상에도 놓고, 또 으레 나도 한 알씩 주고 그래요. 그뿐만 아니라 아저씨한테 놀러 나가면, 가끔 아저씨가 책상 서랍 속에서 달걀을 한두 알 꺼내서 먹으라고 주지요. 그래, 그 담부터는 나는 아주 실컷 달걀을 많이 먹었어요.

나는 아저씨가 매우 좋았어요마는, 외삼촌은 가끔 툴툴하는 때가 있었어요. 아마 아저씨가 마음에 안 드나 봐요. 아니, 그것보다도 아저씨 잔심부름을 꼭 외삼촌이 하게 되니까 그것이 싫어서 그러나 봐요. 한

번은 어머니와 외삼촌이 말다툼하는 것까지 내가 들었어요. 어머니가,

"야, 또 어데 나가지 말구 사랑에 있다가 선생님 들어오시거든 상 내가야지."

하고 말씀하시니까 외삼촌은 얼굴을 찡그리면서,

"제길, 남 어디 좀 볼일이 있는 날은 으레 끼니때에 안 들어오고 늦어지니…."

하고 툴툴하겠지요. 그러니까 어머니는,

"그러니 어짜갔니? 너밖에 사랑 출입할 사람이 어디 있니?"

"누님이 좀 상 들구 나가구려. 요새 세상에 내외합니까!"

어머니가 갑자기 얼굴이 발개지시고, 아무 대답도 없이 그냥 외삼촌에게 향하여 눈을 흘기셨습니다. 그러니까 외삼촌은 흥흥 웃으면서 사랑으로 나갔지요.

나는 유치원에 가서 창가도 배우고 댄스도 배우고 하였습니다. 유치원 여자 선생님이 풍금을 아주 썩 잘

　　　　　　　　　　　　　　인생손님

타요. 그런데 우리 유치원에 있는 풍금은 예배당에 있는 풍금과는 아주 다른데, 퍽 조그마한 것이지마는 소리는 썩 좋아요. 그런데 우리 집 윗간에도 유치원 풍금과 똑같이 생긴 것이 놓여 있는 것이 갑자기 생각이 났어요. 그래, 그날 나는 집으로 오는 길로 어머니를 끌고 윗간으로 가서,

"엄마, 이거 풍금 아니우?"

하고 물으니까, 어머니는 빙그레 웃으시면서,

"그렇단다. 그건 어찌 알았니?"

"우리 유치원에 있는 풍금이 이것과 똑같은데 무얼. 그럼, 엄마두 풍금 탈 줄 아우?"

하고 나는 다시 물었습니다. 그것은 내가 이때껏 한 번도 어머니가 풍금 앞에 앉은 것을 본 일이 없기 때문입니다.

어머니는 아무 대답도 아니 하십니다.

"엄마, 이 풍금 좀 타봐!"

하고 재촉하니까, 어머니 얼굴은 약간 흐려지면서,

"그 풍금은 너이 아버지가 날 사다 주신 거란다. 너

이 아버지 돌아가신 후로 그 풍금은 이때까지 뚜껑두 한번 안 열어보았다…"

이렇게 말씀하시는 어머니 얼굴을 보니까 금방 또 울음보가 터질 것만 같아 보여서 나는 그만,

"엄마, 나 사탕 주어."

하면서 아랫방으로 끌고 내려왔습니다.

아저씨가 사랑에 와 계신 지 벌써 여러 밤을 잔 뒤입니다. 아마 한 달이나 되었지요. 나는 거의 매일 아저씨 방에 놀러 갔습니다. 어머니는 나더러 그렇게 가서 귀찮게 굴면 못쓴다고 가끔 꾸지람을 하시지만, 정말이지 나는 조금도 아저씨를 귀찮게 굴지는 않았습니다. 도리어 아저씨가 나를 귀찮게 굴었지요.

"옥희 눈이 아버지를 닮았다. 고 고운 코는 아마 어머니를 닮았지, 고 입하고! 응, 그러냐, 안 그러냐? 어머니도 옥희처럼 곱지, 응?"

이렇게 여러 가지로 물을 적도 있습니다. 그래서 나는,

"아저씨, 입때 우리 엄마 못 봤수?"

하고 물었더니 아저씨는 잠잠합니다. 그래 나는,

"우리 엄마 보러 들어갈까?"

하면서 아저씨 소매를 잡아당겼더니, 아저씨는 펄쩍 뛰면서,

"아니, 아니, 안 돼. 난 지금 분주해서."

하면서 나를 잡아끌었습니다. 그러나 정말로는 무어 그리 분주하지도 않은 모양이었어요. 그러기에 나더러 가란 말도 않고 그냥 나를 붙들고 앉아서, 머리도 쓰다듬어 주고 뺨에 입도 맞추고 하면서,

"요 저고리 누가 해주지? …밤에 엄마하구 한자리에서 자니?"

하는 등 쓸데없는 말을 자꾸만 물었지요.

그러나 웬일인지 나를 그렇게도 귀여워해주던 아저씨도 아랫방에 외삼촌이 들어오면 갑자기 태도가 달라지지요. 이것저것 묻지도 않고 나를 껴안지도 않고, 점잖게 앉아서 그림책이나 보여주고 그러지요. 아마 아저씨가 우리 외삼촌을 무서워하나 봐요.

하여튼 어머니는 나더러 너무 아저씨를 귀찮게 한다고, 어떤 때는 저녁 먹고 나서 나를 방 안에 가두어 두고 못 나가게 하는 때도 더러 있었습니다. 그러나 조금 있다가 어머니가 바느질에 정신이 팔려서 골몰하고 있을 때 몰래 가만히 일어나서 나오지요. 그런 때는 어머니가 내가 문 여는 소리를 듣고서야 퍼뜩 정신을 차려서 쫓아와 나를 붙들지요. 그러나 그런 때는 어머니는 골을 아니 내시고,

"이리 온, 이리 와서 머리 빗고…"

하고 끌어다가 머리를 다시 곱게 땋아주시지요.

"머리를 곱게 땋고 가야지. 그렇게 되는 대루 하구 가문 아저씨가 숭 보시지 않니?"

하시면서 또 어떤 때는 머리를 다 땋아주시고는,

"응, 저고리가 이게 무어야?"

하시면서 새 저고리를 내어주시는 때도 있습니다.

어떤 토요일 오후였습니다. 아저씨는 나더러 뒷동산에 올라가자고 하셨습니다. 나는 너무나 좋아서 가

자고 그러니까 아저씨가,

"들어가서 어머니께 허락받고 온."

하십니다. 참 그렇습니다. 나는 뛰어들어가서 어머니께 허락을 받았습니다. 어머니는 내 얼굴을 다시 세수시켜주고 머리도 다시 땋고, 그리고 나서는 나를 아스러지도록 한 번 몹시 껴안았다가 놓아주었습니다.

"너무 오래 있지 말고, 응."

하고 어머니는 크게 소리치셨습니다. 아마 사랑 아저씨도 그 소리를 들었을 거야요.

뒷동산에 올라가서는 정거장을 한참 내려다보았으나, 기차는 안 지나갔습니다. 나는 풀잎을 쭉쭉 뽑아보기도 하고 땅에 누운 아저씨의 다리를 꼬집어보기도 하면서 놀았습니다. 한참 후에 아저씨와 손목을 잡고 내려오는데 유치원 동무들을 만났습니다.

"옥희가 아빠하구 어디 갔다 온다, 응."

하고 한 동무가 말하였습니다. 그 아이는 우리 아버지가 돌아가신 줄을 모르는 아이였습니다. 나는 얼굴이 빨개졌습니다. 그때 나는 얼마나, 이 아저씨가

정말 우리 아버지였더라면 하고 생각했는지 모릅니다. 나는 정말로 한 번만이라도,

"아빠!"

하고 불러보고 싶었습니다. 그리고 그날 그렇게 아저씨하고 손목을 잡고 골목을 지나오는 것이 어찌도 재미가 좋았는지요.

나는 대문까지 와서,

"난 아저씨가 우리 아빠래문 좋겠다."

하고 불쑥 말해버렸습니다. 그랬더니 아저씨는 얼굴이 홍당무처럼 빨개져서 나를 몹시 흔들면서,

"그런 소리 하문 못써."

하고 말하는데 그 목소리가 몹시도 떨렸습니다. 나는 아저씨가 몹시 성이 난 것처럼 보여서 아무 말도 못 하고 안으로 뛰어 들어갔습니다. 어머니가,

"어디까지 갔던?"

하고 나와 안으며 묻는데, 나는 대답도 못 하고 그만 홀쩍홀쩍 울었습니다. 어머니는 놀라서,

"옥희야, 왜 그러니?"

하고 자꾸만 물었으나, 나는 아무 대답도 못 하고 울기만 했습니다.

이튿날은 일요일인 고로, 나는 어머니와 함께 예배당을 가려고 차리고 나서, 어머니가 옷을 갈아입는 동안 잠깐 사랑에를 나가보았습니다. '아저씨가 아직 두 성이 났나?' 하고 가만히 방 안을 들여다보았더니, 책상에 앉아서 무엇을 쓰고 있던 아저씨가 내다보면서 빙그레 웃었습니다. 그 웃음을 보고 나는 마음을 놓았습니다. 아저씨가 지금은 성이 풀린 것이 확실하니까요. 아저씨는 나를 이리 보고 저리 보고 훑어보더니,

"옥희 오늘 어디 가노? 저렇게 곱게 채리구."

하고 물었습니다.

"엄마하고 예배당에 가."

"예배당에?"

하고 나서 아저씨는 잠시 나를 멍하니 바라다보더니,

"어느 예배당에?"

하고 물었습니다.

"요 앞에 예배당에 가지, 뭐."

"응? 요 앞이라니?"

이때 안에서,

"옥희야."

하고 부드럽게 부르는 어머니 목소리가 들렸습니다. 나는 얼른 안으로 뛰어들어오면서 돌아다보니까, 아저씨는 또 얼굴이 빨갛게 성이 났겠지요. 내 원, 참으로 무슨 일로 요새는 아저씨가 그렇게 성을 잘 내는지 알 수 없었습니다.

예배당에 가서 찬미하고 기도하다가 기도하는 중간에 갑자기 나는 '혹시 아저씨두 예배당에 오지 않았나?' 하는 생각이 나서 눈을 뜨고 고개를 들어 남자석을 바라다보았습니다. 그랬더니 하, 바로 거기에 아저씨가 와 앉아 있겠지요. 그런데 아저씨는 어른이면서도 눈 감고 기도하지 않고, 우리 아이들처럼 눈을 번히 뜨고 여기저기 두리번두리번 바라봅니다. 나는 얼른 아저씨를 알아보았는데 아저씨는 나를 못 알아보았는지, 내가 빙그레 웃어 보여도 웃지도 않고 멀거니 보고만 있겠지요. 그래, 나는 손을 흔들었지요. 그러니까 아저씨는 얼른 고개를 숙이고 말더군요. 그때 어머니가 내가 팔 흔드는 것을 깨닫고 두 손으로 나를 붙들고 끌어당기더군요. 나는 어머니 귀에다 입을 대고,

"저기 아저씨두 왔어."

하고 속삭이니까 어머니는 흠칫하면서 내 입을 손으로 막고 막 잡아 끌어다가 옆에 앉히고 고개를 누르더군요. 보니까 어머니도 얼굴이 홍당무처럼 빨개졌더군요.

그날 예배는 아주 젬병이었지요. 웬일인지, 예배가 다 끝날 때까지 어머니는 성이 나서 강대만 향하여 앞으로 바라보고 앉았고, 이전 모양으로 가끔 나를 내려다보고 웃는 일이 없었어요. 그리고 아저씨를 보려고 남자석을 바라다보아도 아저씨도 한 번도 바라다보아 주지도 않고 성이 나서 앉아 있고, 어머니도 나

를 보지도 않고 공연히 꽉꽉 잡아당기지요. 왜 모두들 그리 성이 났는지… 나는 그만 으악 하고 한번 울고 싶었어요. 그러나 바로 멀지 않은 곳에 우리 유치원 선생님이 앉아 있어서 울고 싶은 것을 아주 억지로 참았습니다.

내가 유치원에 입학한 후, 처음 얼마 동안은 유치원에 갈 때나 올 때나 외삼촌이 바래다주었습니다. 그러나 여러 밤을 자고 난 뒤에는 나 혼자서도 넉넉히 다니게 되었어요. 그러나 언제나 내가 유치원에서 돌아오는 때면 어머니가 옆 대문 (우리 집에는 대문이 사랑 대문과 옆 대문 둘이 있어서 어머니는 늘 이 옆 대문으로만 출입하시는 것이었습니다) 밖에 기다리고 섰다가 내가 달음질쳐 가면, 안고 집 안으로 들어가곤 하는 것이었습니다.

그런데 하루는 어쩐 일인지 어머니가 대문 가에 보이지를 않겠지요.

어떻게도 화가 나던지요. 물론 머릿속으로는 '아마

외할머니 댁에 가셨나 부다' 하고 생각했지마는, 하여튼 내가 돌아왔는데 문간에서 기다리지 않고 집을 떠났다는 것이 몹시 나쁘게 생각되더군요. 그래서 속으로 '오늘 엄마를 좀 골려야겠다' 하고 생각하고 있는데 옆 대문 밖에서,

"아이고, 애가 원 벌써 왔나?"

하고 어머니 목소리가 들리더군요. 그 순간 나는 얼른 신을 벗어들고 안방으로 뛰어들어가서 벽장문을 열고, 그 속에 들어가서 숨어버렸습니다.

"옥희야, 옥희 너, 여태 안 왔니?"

하는 어머니 목소리가 바로 뜰에서 나더니,

"여태 안 왔군."

하면서 밖으로 나가는 모양이었습니다. 나는 재미가 나서 혼자 흐흥흐흥 웃었습니다.

한참을 있더니 집에는 온통 야단이 났습니다. 어머니 목소리도 들리고, 외할머니 목소리도 들리고, 외삼촌 목소리도 들리고….

"글쎄 하루 종일 집이라군 안 떠났다가 옥희 유치

원 파하구 오문, 멕일 과자가 없기에 어머님 댁에 잠
깐 갔다 왔는데, 고 동안에 이런 변이 생긴 걸…"

하는 것은 어머니 목소리.

"글쎄, 유치원에서 벌써 20분 전에 떠났다는데 원
중간에서…"

하는 것은 외할머니 목소리.

"하여튼 내 나가서 돌아댕겨 볼웨다. 원 고것이 어
델 갔담?"

하는 것은 외삼촌의 목소리.

이윽고 어머니의 울음소리가 가늘게 들렸습니다.
외할머니는 무어라고 중얼중얼 이야기하는 모양이었
습니다. '이젠 그만하고 나갈까?' 하고도 생각했으나,
'지난 주일날 예배당에서 성냈던 앙갚음을 해야지' 하
는 생각이 나서 나는 그냥 벽장 안에 누워 있었습니
다. 벽장 안은 답답하고 더웠습니다. 그래서 이윽고
부지중에 나는 슬며시 잠이 들고 말았습니다.

얼마 동안이나 잤는지요? 이윽고 잠을 깨어보니까
아까 내가 벽장 안으로 들어왔던 것을 잊어버리고, 참

이상스러운 데에 내가 누워 있거든요. 어두컴컴하고 좁고 덥고…. 나는 갑자기 무서운 생각이 나서 엉엉 울기 시작했지요. 그러자 갑자기 어디 가까운 데서 어머니의 외마디 소리가 나더니 벽장문이 벌컥 열리고 어머니가 달려들어서 나를 안아 내렸습니다.

"요 망할 것아."

하면서 어머니가 내 엉덩이를 댓 번 때렸습니다. 나는 더욱더 소리를 내서 울었습니다. 그때 어머니는 나를 끌어안고 어머니도 따라 울었습니다.

"옥희야, 옥희야, 응, 인제 괜찮다. 엄마 여기 있지 않니, 응. 울지 마라, 옥희야. 엄마는 옥희 하나문 그뿐이다. 옥희 하나만 바라구 산다. 난 너 하나문 그뿐이야. 세상 다 일이 없다. 옥희만 있으면 엄마는 산다. 옥희야 응, 울지 마라 응, 울지 마라."

이렇게 어머니는 나더러 자꾸 울지 말라고 하면서도 어머니는 그치지 않고 자꾸자꾸 울었습니다. 외할머니는,

"원 고것이 도깨비가 들렸단 말인가, 벽장 속에 왜

숨는담."

하고 앉아 있고 외삼촌은,

"에, 재수 메유다."

하면서 밖으로 나갔습니다.

이튿날 유치원을 파하고 집으로 오면서, 나는 갑자기 어제 벽장 속에 숨었다가 어머니를 몹시 울게 했던 생각이 나서 집으로 돌아가기가 어째 부끄러워졌습니다. '오늘은 어머니를 좀 기쁘게 해드려야 할 텐데…. 무엇을 갖다 드리면 기뻐할까?' 하고 생각하였습니다. 그러자 문득 유치원 안의 선생님 책상 위에 놓여 있던 꽃병 생각이 났습니다. 그 꽃은 개나리도 아니고, 진달래도 아니었습니다. 그런 꽃은 나도 잘 알고, 또 그런 꽃은 벌써 피었다가 져버린 후였습니다. 무슨 서양 꽃이려니 하고 나는 생각하였습니다. 나는 우리 어머니가 꽃을 사랑하는 줄을 잘 압니다. 그래서 그 꽃을 갖다가 드리면 어머니가 몹시 기뻐하려니 하고 생각하였습니다.

그래서 나는 도로 유치원 방 안으로 들어갔습니다. 마침 방 안에는 아무도 없었습니다. 선생님도 잠깐 어디를 가셨는지 보이지 않았습니다. 그래, 나는 그 꽃을 두어 개 얼른 빼들고 달음질쳐 나왔지요.

　　집에 오니 어머니는 문간에 기다리고 있다가 나를 안고 들어갔습니다.

　　"그 꽃은 어디서 났니? 퍽 곱구나."

　　하고 어머니가 말씀하셨습니다. 그러나 나는 갑자기 말문이 막혔습니다.

　　'이걸 엄마 드릴라구 유치원서 가져왔어' 하고 말하기가 어째 몹시 부끄러운 생각이 들었습니다. 그래, 잠깐 망설이다가,

　　"응, 이 꽃! 저, 사랑 아저씨가 엄마 갖다 주라고 줘."

　　하고 불쑥 말했습니다. 그런 거짓말이 어디서 그렇게 툭 튀어나왔는지 나도 모르지요.

　　꽃을 들고 냄새를 맡고 있던 어머니는 내 말이 끝나기가 무섭게 무엇에 몹시 놀란 사람처럼 화닥닥하

였습니다. 그러고는 금시에 어머니 얼굴이 그 꽃보다 더 빨갛게 되었습니다. 그 꽃을 든 어머니 손가락이 파르르 떠는 것을 나는 보았습니다. 어머니는 무슨 무서운 것을 생각하는 듯이 방 안을 휘 한 번 둘러보시더니,

"옥희야, 그런 걸 받아 오문 안 돼."

하고 말하는 목소리는 몹시 떨렸습니다. 나는 꽃을 그렇게도 좋아하는 어머니가, 이 꽃을 받고 그처럼 성을 낼 줄은 참으로 뜻밖이었습니다. 어머니가 그렇게도 성을 내는 것을 보니까, 그 꽃을 내가 가져왔다고 그러지 않고, 아저씨가 주더라고 거짓말을 한 것이 참 잘되었다고 나는 속으로 생각했습니다. 어머니가 성을 내는 까닭을 나는 모르지만, 하여튼 성을 낼 바에는 내게 내는 것보다 아저씨에게 내는 것이 내게는 나았기 때문입니다. 한참 있더니 어머니는 나를 방 안으로 데리고 들어와서,

"옥희야, 너 이 꽃 얘기 아무보구두 하지 말아라, 응."

인생손님

하고 타일러 주었습니다. 나는,

"응."

하고 대답하면서 고개를 여러 번 까닥까닥했습니다.

어머니가 그 꽃을 곧 내버릴 줄로 나는 생각했습니다마는, 내버리지 않고 꽃병에 꽂아서 풍금 위에 놓아두었습니다. 아마 퍽 여러 밤 자도록 그 꽃은 거기 놓여 있어서 마지막에는 시들었습니다. 꽃이 다 시들자 어머니는 가위로 그 대를 잘라내 버리고, 꽃만은 찬송가 갈피에 곱게 끼워두었습니다.

내가 어머니께 꽃을 갖다 주던 날 밤에, 나는 또 사랑에 놀러 나가서 아저씨 무릎에 앉아서 그림책을 보고 있었습니다. 갑자기 아저씨 몸이 흠칫하였습니다. 그러고는 귀를 기울입니다. 나도 귀를 기울였습니다.

풍금 소리! 그 풍금 소리는 분명 안방에서 흘러나오는 것이었습니다.

"엄마가 풍금을 타나 부다."

하고 나는 벌떡 일어나서 안으로 뛰어왔습니다. 안

방에는 불을 켜지 않았습니다. 그러나 그때는 음력으로 보름께나 되어서 달이 낮같이 밝은데 은빛 같은 흰 달빛이 방 한 절반 가득히 차 있었습니다. 나는 그 흰옷을 입은 어머니가 풍금 앞에 앉아서 고요히 풍금을 타는 것을 보았습니다.

나는 나이 지금 여섯 살밖에 안 되었지마는, 하여튼 어머니가 풍금을 타시는 것을 보는 것은 오늘이 처음이었습니다. 어머니는 우리 유치원 선생님보다도 풍금을 더 잘 타시는 것이었습니다. 나는 어머니 곁으로 갔습니다마는, 어머니는 내가 곁에 온 것도 깨닫지 못하는지 그냥 까딱 아니하고 앉아서 풍금을 탔습니다. 조금 있더니 어머니는 풍금 곡조에 맞추어 노래를 부르기 시작하였습니다. 어머니의 목소리가 그렇게 아름다운 것도 나는 이때까지 모르고 있었습니다. 어머니는 참으로 우리 유치원 선생님보다도 목소리가 훨씬 더 곱고, 또 노래도 훨씬 더 잘 부르시는 것이었습니다. 나는 가만히 서서 어머니 노래를 들었습니다. 그 노래는 마치도 은실을 타고 별나라에서 내려오는 노래처럼 아름다웠습니다. 그러나 얼마 오래지 않아 목소리는 약간 떨리기 시작했습니다. 가늘게 떨리는 노랫소리, 그에 따라 풍금의 가는 소리도 바르르 떠는 듯했습니다. 노랫소리는 차차 가늘어지더니 마지막에는 사르르 없어져버렸습니다. 풍금 소리도 사르르 없어졌습니다. 어머니는 고요히 일어나시더니 옆에 섰는 내 머리를 쓰다듬었습니다. 그 다음 순간, 어머니는 나를 안고 마루로 나오셨습니다. 어머니는 아무 말씀도 없이 그냥 꼭꼭 껴안는 것이었습니다. 달빛을 함빡 받은 내 어머니 얼굴은 몹시도 새하얗다고 생각되었습니다. 우리 어머니는 참으로 천사 같다고 생각하였습니다.

우리 어머니의 새하얀 두 뺨 위로는 쉴 새 없이 두 줄기 눈물이 줄줄 흘러내리고 있는 것을 나는 보았습니다. 그것을 보니 나도 갑자기 울고 싶어졌습니다.

"어머니, 왜 울어?"

하고 나도 훌쩍거리면서 물었습니다.

"옥희야."

"응?"

한참 동안 어머니는 아무 말씀도 없었습니다. 그러다가 한참 후에,

"옥희야, 난 너 하나문 그뿐이다."

"엄마."

어머니는 다시 대답이 없으셨습니다.

하루는 밤에 아저씨 방에서 놀다가 졸려서 안방으로 들어오려고 일어서니까 아저씨가 하아얀 봉투를 서랍에서 꺼내어 내게 주었습니다.

"옥희, 이거 갖다가 엄마 드리고 지나간 달 밥값이라구, 응?"

나는 그 봉투를 갖다가 어머니에게 드렸습니다. 어머니는 그 봉투를 받아들자 갑자기 얼굴이 파랗게 질렸습니다. 그 전날 달밤에 마루에 앉았을 때보다도 더 새하얗다고 생각되었습니다. 어머니는 그 봉투를 들고 어쩔 줄을 모르는 듯이 초조한 빛이 나타났습니다. 나는,

"그거 지나간 달 밥값이래."

하고 말을 하니까, 어머니는 갑자기 잠자다 깨나는 사람처럼 "응" 하고 놀라더니, 또 금시에 백지장같이 새하얗던 얼굴이 발갛게 물들었습니다. 봉투 속으로 들어갔던 어머니의 파들파들 떨리는 손가락이 지전을 몇 장 끌고 나왔습니다. 어머니는 입술에 약간 웃음을 띠면서 후 하고 한숨을 내쉬었습니다. 그러나 그것도 잠시, 다시 어머니는 무엇에 놀랐는지 흠칫하더니 금시에 얼굴이 새하얘지고 입술이 바르르 떨렸습니다. 어머니의 손을 바라다보니 거기에는 지전 몇 장 외에 네모로 접은 하얀 종이가 한 장 잡혀 있는 것이었습니다.

어머니는 한참을 망설이는 모양이었습니다. 그러나 무슨 결심을 한 듯이 입술을 악물고, 그 종이를 차근차근 펴들고 그 안에 쓰인 글을 읽었습니다. 나는 그 안에 무슨 글이 쓰여 있는지 알 도리가 없었으나, 어머니는 그 글을 읽으면서 금시에 얼굴이 파랬다 발갰다 하고, 그 종이를 든 손은 이제는 바들바들이 아니라 와들와들 떨리어서 그 종이가 부석부석 소리를 내게 되었습니다.

한참 후에 어머니는 그 종이를 아까 모양으로 네모지게 접어서 돈과 함께 봉투에 도로 넣어 반짇고리에 던졌습니다. 그러고는 정신 나간 사람처럼 멀거니 앉아서 전등만 쳐다보는데 어머니 가슴이 불룩불룩합니다. 나는 혹시 어머니가 병이나 나지 않았나 하고 염려가 되어서 얼른 가서 무릎에 안기면서,

"엄마 잘까?"

하고 말했습니다.

엄마는 내 뺨에 입을 맞추어주었습니다. 그런데 어머니의 입술이 어쩌면 그리도 뜨거운지요. 마치 불에 달군 돌이 볼에 와닿는 것 같았습니다.

한참을 자고 나서 잠이 채 깨지는 않았으나, 어렴풋한 정신으로 옆을 쓸어보니 어머니가 없었습니다. 가끔 가다가 나는 그런 버릇이 있어요. 어렴풋한 정신으로 옆을 쓸면 어머니의 보드라운 살이 만져지지요. 그러면 다시 나는 잠이 들어버리곤 하는 것이었습니다.

어머니가 자리에 없다는 것을 알게 되자 나는 갑자기 무서워졌습니다. 그래서 잠은 다 달아나고 눈을 번쩍 뜨고 고개를 돌려 살펴보았습니다. 방 안에는 불은 안 켰지만 어슴푸레하게 밝습니다. 뜰로 하나 가득한 달빛이 방 안에까지 희미한 밝음을 던져주는 것이었습니다. 윗목을 보니 우리 아버지의 옷을 넣어두고, 가끔 어머니가 꺼내서 쓸어보시는 그 장롱문이 열려 있고, 그 아래 방바닥에는 흰옷이 한 무더기 널려 있습니다. 그리고 그 옆에는 장롱을 반쯤 기대고 자리옷만 입은 어머니가 주춤하고 앉아서 고개를 위로 쳐들고 눈을 감고 무엇이라고 입술로 소곤소곤 외고 있는 것이 보였습니다. 아마 기도를 하나 보다 하고 나는 생각했습니다. 나는 자리에서 일어나서 기어가서 어머니 무릎을 뻐개고 기어들어갔습니다.

"엄마, 무얼 해?"

어머니는 소곤거리기를 그치고 눈을 떠서 나를 한참이나 물끄러미 들여다보십니다.

"옥희야."

"응?"

"가서 자자."

"엄마두 같이 자."

"응, 그래 엄마도 같이 자."

그 목소리가 어째 싸늘하다고 내게 생각되었습니다.

어머니는 돌아가신 아버지의 옷들을 한 가지씩 들고는 가만히 손바닥으로 쓸어보고는 장롱 안에 넣었습니다. 하나씩 하나씩 장롱에 넣곤 하여, 그 옷을 넣은 다음, 장롱문을 닫고 쇠를 채우고, 그러고 나서 나를 안고 자리로 돌아왔습니다.

"엄마, 우리 기도하고 자?"

하고 나는 물었습니다. 어머니는 나를 밤마다 재워줄 때마다 반드시 기도를 하는 것이었습니다. 내가 할 줄 아는 기도는 주기도문뿐이었습니다. 그 뜻은 하나도 모르지만 어머니를 따라서 자꾸자꾸 해보아서 지금에는 나도 주기도문을 잘 외웁니다. 그런데 웬일인지 어젯밤 잘 때는 어머니가 기도할 것을 잊어버리고,

그냥 잤던 것이 지금 생각이 났기 때문에 나는 그렇게 물었던 것입니다. 어젯밤 자리에 들 때 내가,

"기도할까?"

하고 말하고 싶었으나, 어머니가 너무도 슬픈 빛을 띠고 있어서 그만 나도 가만히 아무 소리 없이 잠이 들고 말았던 것입니다.

"응, 기도하자."

하고 어머니가 고요히 기도했습니다.

"엄마가 기도해."

하고 나는 갑자기 어머니의 기도하는 보드라운 음성이 듣고 싶어져서 말했습니다.

"하늘에 계신 우리 아버지시여."

어머니는 고요히 기도를 시작하였습니다.

"이름을 거룩하게 하옵시며, 나라에 임하옵시며, 뜻이 하늘에서 이루어진 것처럼 땅에서도 이루어지이다. 오늘날 우리에게 일용할 양식을 주옵시고, 우리가 우리에게 죄 지은 자를 용서하여준 것처럼 우리 죄를 사하여주옵시고, 우리를 시험에 들지 말게 하옵시

고… 우리를 시험에 들지 말게 하옵시고… 시험에 들지 말게… 시험에 들지 말게…"

이렇게 어머니는 자꾸 되풀이하였습니다. 나도 지금은 막히지 않고 줄줄 외는 주기도문을 글쎄 어머니가 막히다니 참으로 우스운 일이었습니다.

"시험에 들지 말게, 시험에 들지 말게…"

하고 자꾸만 되풀이하는 것을 나는 참다 못해서,

"엄마, 내 마저 할게."

하고,

"다만 악에서 구하옵소서. 대개 나라와 권세와 영광이 아버지께 영원히 있사옵나이다."

하고 내가 끝을 마쳤습니다. 어머니는 한참이나 가만 있다가 오랜 후에야 겨우,

"아멘."

하고 속살거렸습니다.

요새 와서 어머니의 하는 일이란 참으로 알 수가 없는 노릇입니다. 어떤 때는 어머니도 퍽 유쾌하셨습니

다. 밤에 때로는 풍금을 타고, 또 때로는 찬송가도 부르고, 그러실 때는 나도 너무도 좋아서 가만히 어머니 옆에 앉아서 듣습니다. 그러나 가끔가끔 그 독창은 소리 없는 울음으로 끝을 맺는 때가 많은데, 그런 때면 나도 따라서 울었습니다. 그러면 어머니는 나를 안고 내 얼굴에 돌아가면서 무수히 입을 맞추어주면서,

"엄마는 옥희 하나문 그뿐이야, 응, 그렇지…."

하시면서 언제까지나 언제까지나 우시는 것이었습니다.

어떤 일요일날, 그렇지요. 그것은 유치원 방학하고 난 그 이튿날이었습니다. 그날 어머니는 갑자기 머리가 아프시다고 예배당에를 그만두었습니다. 사랑에서는 아저씨도 어디 나가고, 외삼촌도 어디 나가고, 집에는 어머니와 나와 단둘이 있었는데, 머리가 아프다고 누워 계시던 어머니가 갑자기 나를 부르시더니,

"옥희야, 너 아빠가 보고 싶니?"

하고 물으십니다.

"응, 우리두 아빠 하나 있으문."

하고 나는 혀를 까불고 어리광을 좀 부려가면서 대답을 했습니다. 한참 동안을 어머니는 아무 말씀도 아니 하시고 천장만 바라다보시더니,

"옥희야, 옥희 아버지는 옥희가 세상에 나오기도 전에 돌아가셨단다. 옥희두 아빠가 없는 건 아니지. 그저 일찍 돌아가셨지. 옥희가 이제 아버지를 새로 또 가지면 세상이 욕을 한단다. 옥희는 아직 철이 없어서 모르지만 세상이 욕을 한단다. 사람들이 욕을 해. 옥희 어머니는 화냥년이다, 이러구 세상이 욕을 해. 옥희 아버지는 죽었는데, 옥희는 아버지가 또 하나 생겼대. 참 망측두 하지, 이러구 세상이 욕을 한단다. 그리 되문 옥희는 언제나 손가락질 받구, 옥희는 커두 시집두 훌륭한 데 못 가구. 옥희가 공부를 해서 훌륭하게 돼두, 에 그까짓 화냥년의 딸, 이러구 남들이 욕을 한단다."

이렇게 어머니는 혼잣말하시듯 드문드문 말씀하셨습니다. 그러고는 한참 후에,

"옥희야."

하고 또 부르십니다.

"응?"

"옥희는 언제나, 언제나 내 곁을 안 떠나지. 옥희는 언제나, 언제나 엄마하구 같이 살지. 옥희는 엄마가 늙어서 꼬부랑 할미가 되어두, 그래두 옥희는 엄마하구 같이 살지. 옥희가 유치원 졸업하구, 또 소학교 졸업하구, 또 중학교 졸업하구, 또 대학교 졸업하구, 옥희가 조선서 제일 훌륭한 사람이 돼두, 그래두 옥희는 엄마하구 같이 살지, 응! 옥희는 엄마를 얼만큼 사랑하나?"

"이만큼."

하고 나는 두 팔을 짝 벌리어 보였습니다.

"응? 얼만큼? 응! 그만큼! 언제나, 언제나 옥희는 엄마만 사랑하지, 그리구 공부두 잘하구, 그리고 훌륭한 사람이 되구."

나는 어머니의 목소리가 떨리는 것으로 보아 어머니가 또 울까 봐 겁이 나서,

"엄마, 이만큼, 이만큼."

하면서 두 팔을 짝짝 벌리었습니다.

어머니는 울지 않으셨습니다.

"응, 그래, 옥희 엄마는 옥희 하나문 그뿐이야. 세상 다른 건 다 소용없어. 우리 옥희 하나문 그만이야. 그렇지, 옥희야."

"응!"

어머니는 나를 당기어서 꼭 껴안고 내 가슴이 막혀 들어올 때까지 자꾸만 껴안아주었습니다.

그날 밤, 저녁밥 먹고 나니까 어머니는 나를 불러 앉히고 머리를 새로 빗겨주었습니다. 댕기를 새 댕기로 드려주고, 바지, 저고리, 치마, 모두 새것을 꺼내 입혀주었습니다.

"엄마, 어디 가?"

하고 물으니까,

"아니."

하고 웃음을 띠면서 대답합니다. 그러더니, 풍금 옆에서 내리어 새로 다린 하얀 손수건을 내 손에 쥐어주면서,

"이 손수건, 저 사랑 아저씨 손수건인데, 이것 아저씨 갖다 드리구 와, 응. 오래 있지 말구 손수건만 갖다 드리구 이내 와, 응."

하고 말씀하셨습니다.

손수건을 들고 사랑으로 나가면서 나는 접어진 손수건 속에 무슨 발각발각하는 종이가 들어 있는 것처럼 생각되었습니다마는, 그것을 펴보지 않고 그냥 갖다가 아저씨에게 주었습니다.

아저씨는 방에 누워 있다가 벌떡 일어나서 손수건을 받는데, 웬일인지 아저씨는 이전처럼 나보고 빙그레 웃지도 않고 얼굴이 몹시 파래졌습니다. 그러고는, 입술을 질근질근 깨물면서 말 한 마디 아니하고 그 손수건을 받더군요.

나는 어째 이상한 기분이 들어서 아저씨 방에 들어가 앉지도 못하고, 그냥 되돌아서 안방으로 도로 왔지요. 어머니는 풍금 앞에 앉아서 무엇을 그리 생각하는지 가만히 있더군요. 나는 풍금 옆으로 가서 가만히 옆에 앉아 있었습니다. 이윽고, 어머니는 조용조용히 풍금을 타십니다. 무슨 곡조인지는 몰라도 어째 구슬프고 고즈넉한 곡조야요.

밤이 늦도록 어머니는 풍금을 타셨습니다. 그 구슬프고 고즈넉한 곡조를 계속하고 또 계속하면서….

여러 밤을 자고 난 어떤 날 오후에 나는 오래간만에 아저씨 방엘 나가보았더니, 아저씨가 짐을 싸느라고 분주하겠지요. 내가 아저씨에게 손수건을 갖다 드린 다음부터는 웬일인지 아저씨가 나를 보아도 언제나 퍽 슬픈 사람, 무슨 근심이 있는 사람처럼 아무 말도 없이 나를 물끄러미 바라다만 보고 있어서, 나도 그리 자주 놀러 오지는 않았던 것입니다. 그랬었는데 이렇게 갑자기 짐을 꾸리는 것을 보고 나는 놀랐습니다.

"아저씨, 어데 가우?"

"응, 멀리루 간다."

"언제?"

"오늘 기차 타구!"

"응, 기차 타구…. 갔다가 언제 또 오우?"

아저씨는 아무 대답도 없이 서랍에서 예쁜 인형을 하나 꺼내서 내게 주었습니다.

"옥희, 이것 가져, 응. 옥희는 아저씨 가구 나문 아저씨 이내 잊어버리구 말겠지!"

나는 갑자기 슬퍼졌습니다.

"아니."

하고 얼른 대답하고, 인형을 안고 안으로 들어왔습니다.

"엄마, 이것 봐, 아저씨가 이것 나 줬다우. 아저씨가 오늘 기차 타구 먼 데루 간대."

하고 내가 말했으나, 어머니는 대답이 없으십니다.

"엄마, 아저씨 왜 가우?"

"학교 방학했으니깐 가지."

"어디루 가우?"

"아저씨 집으루 가지 어디루 가."

"갔다가 또 오우?"

어머니는 대답이 없으십니다.

"난 아저씨 가는 거 나쁘다."

하고 입을 쫑긋했으나, 어머니는 그 말에 대답 않고,

"옥희야, 벽장에 가서 달걀 몇 알 남았나 보아라."

하고 말씀하셨습니다.

나는 깡충깡충 방 안으로 들어갔습니다. 달걀은 여섯 알이 있었습니다.

"여스 알."

하고 나는 소리쳤습니다.

"웅, 다 가지고 이리 나오너라."

어머니는 그 달걀 여섯 알을 다 삶았습니다. 그 삶은 달걀 여섯 알을 손수건에 싸놓고, 또 반지에 소금을 조금 싸서 한 귀퉁이에 넣었습니다.

"옥희야, 너 이것 갖다 아저씨 드리고, 가시다가 찻간에서 잡수시랜다구, 웅."

그날 오후에 아저씨가 떠나간 다음, 방에서 아저씨가 준 인형을 업고 자장자장 잠을 재우고 있었습니다. 어머니가 부엌에서 들어오시더니,

"옥희야, 우리 뒷동산에 바람이나 쐬러 올라갈까?"

하십니다.

"응, 가, 가."

하면서 나는 좋아 덤비었습니다. 잠깐 다녀올 터이니 집을 보고 있으라고 외삼촌에게 이르고, 어머니는 내 손목을 잡고 나섰습니다.

"엄마, 나 저, 아저씨가 준 인형 가지고 가?"

"그러럼."

나는 인형을 안고 어머니 손목을 잡고 뒷동산으로 올라갔습니다. 뒷동산에 올라가면 정거장이 빤히 내려다보입니다.

"엄마, 저 정거장 봐, 기차는 없군."

어머니가 아무 말씀도 없이 가만히 서 계십니다. 사르르 바람이 와서 어머니 모시 치맛자락을 산들산들 흔들어주었습니다. 그렇게 산 위에 가만히 서 있는 어머니는 다른 때보다도 더 한층 이쁘게 보였습니다.

저편 산모퉁이에서 기차가 나타났습니다.

"아, 저기 기차가 온다."

하고 나는 좋아서 소리쳤습니다. 기차는 정거장에 잠시 머물더니, 금시에 삑 하고 소리를 지르면서 움직였습니다.

"기차 떠난다."

하면서 나는 손뼉을 쳤습니다. 기차가 저편 산모퉁이 뒤로 사라질 때까지, 그리고 그 굴뚝에서 나는 연기가 하늘 위로 모두 흩어져 없어질 때까지, 어머니는 가만히 서서 그것을 바라다보았습니다.

뒷동산에서 내려오자 어머니는 방으로 들어가시더니, 이때까지 뚜껑을 늘 열어 두었던 풍금 뚜껑을 닫으십니다. 그러고는, 거기 쇠를 채우고 그 위에다가 이전 모양으로 반짇고리를 얹어 놓으십니다. 그러고는, 그 옆에 있는 찬송가를 맥없이 들고 뒤적뒤적하시더니, 빼빼 마른 꽃송이를 그 갈피에서 집어내시고,

"옥희야, 이것 내다 버려라."

하고 그 마른 꽃을 내게 주었습니다. 그 꽃은 내가 유치원에서 갖다가 어머니께 드렸던 그 꽃입니다. 그러자, 옆 대문이 삐걱하더니,

"달걀 사소."

하고, 매일 오는 달걀 장수 노파가 달걀 광주리를 이고 들어왔습니다.

"인젠 우리 달걀 안 사요. 달걀 먹는 이가 없어요."

하시는 어머니 소리는 맥이 한 푼어치 없었습니다.

나는 어머니의 이 말씀에 놀라서 떼를 좀 써보려 했으나, 석양에 빤히 비치는 어머니의 얼굴을 볼 때 그 용기가 없어지고 말았습니다. 그래서 아저씨가 주신 인형 귀에다가 내 입을 갖다 대고 가만히 속삭이었습니다.

"얘, 우리 엄마가 거짓부리 썩 잘하누나. 내가 달걀 좋아하는 줄을 알문서 생 먹을 사람이 없대누나. 떼를 좀 쓰고 싶다만, 저 우리 엄마 얼굴을 좀 봐라. 어쩌문 저리두 새파래졌을까? 아마 어데가 아픈가 부다."

라고요.

1902년 11월 24일 평양 출생. 호는 여심(餘心) 또는 여심생(餘心生). 시인 주요한의 동생.

1918년 도일. 아오야마학원(青山學院) 중학부 3학년 편입.

1919년 삼일 운동 발발 후 귀국, 지하신문을 발간하다 출판법 위반으로 10개월 형 받음.

1920~1921년 중국으로 건너가 상하이 후장대학부속중학교 졸업.

1923~1927년 후장대학교 교육학과 졸업.

1928~1929년 도미. 스탠퍼드 대학원 교육심리학 석사 과정 수료 후 귀국.

1931년 동아일보사 입사 《신동아(新東亞)》 주간 역임.

1934년 중국 베이징 푸렌대학(輔仁大學) 교수 취임.

1943년 일본의 대륙 침략에 협조하지 않는다는 이유로 추방령을 받고 귀국.

1946~1953년 상호출판사(相互出版社) 주간과 《코리아타임스》 주필 역임.

1953~1972년 경희대학교 교수 재직.

1954년 국제펜클럽 한국본부 사무국장.

1961년 코리안리퍼블릭 이사장.

1968년 한국문학번역협회 회장.

1972년 11월 14일 심근경색으로 작고.

1921년 4월 《개벽(開闢)》 10호에 단편소설 〈추운 밤〉을 발표하면서 등단했다.

〈인력거꾼〉(1925), 〈살인〉(1925), 〈개밥〉(1927), 〈사랑손님과 어머니〉(1935), 〈아네모네 마담〉(1936), 〈추물〉(1936), 〈눈은 눈으로〉(1946), 〈대학교수와 모리배〉(1948), 〈여대생과 밍크코우트〉(1970)에 이르기까지 40편가량의 단편소설을 썼다. 또 동아일보에 연재한 《구름을 잡으려고》(1935) 외에 《길》(1939-1953) 《망국노군상(亡國奴群像)》(1958~1960) 등 네 편의 장편소설과 〈첫사랑〉(1925), 〈미완성〉(1936-1937)의 중편소설 두 편을 남겼다. 〈김유신, Kim Yu-Shin〉(1947)과 〈The Frost of the White Rock〉(1963) 등의 영문소설도 발표했다. 소설집으로는 《사랑방 손님과 어머니》(1948), 《미완성》(1962) 등이 있다.

풍금

이동하

제가 어머니의 풍금 소리를 다시 들은 것은 그로부터 여덟 해가 흐른 뒤였습니다. 사랑손님이 떠나시던 그날, 우리 모녀는 뒷동산에 올라 멀리 내려다보이는 정거장을 향해 말 없는 배웅을 했었지요. 참 슬픈 날이었어요. 금방이라도 울음이 터져 나올 것 같아 저는 입술을 꼭 다물고 있었습니다. 엄마의 낯빛이 너무 너무 슬퍼 보여서 울음을 억지로 참았던 거지요. 어쩌면 엄마가 저보다 더 서럽게 울까봐 두려웠던 건지도 모릅니다.

하지만 어머니는 저보다 더 잘 참아냈습니다. 그래

서 어른인가 보다 했습니다. 기어이 눈을 비집고 나온 뜨거운 눈물 두 방울을 엄마 몰래 소매로 얼른 훔치고 나서 저는 안 그런 척 시치미를 뗐습니다. 그러자 엄마가 말했어요.

"우리 옥희가 많이 서운한가 보구나…"

물기가 촉촉하게 밴 음성이었어요. 하지만 그 얼굴은 차갑고 고요했습니다. 저는 그만 앙! 하고 울음을 터뜨리고 말았습니다. 그러면서 어쩌자고 조그만 주먹을 만들어 엄마의 옆구리를 콩콩 쥐어박았지요. 왜 그랬던가? 정말이지 지금 생각해도 제 마음을 이해할 수가 없네요.

집으로 돌아오는 즉시 어머니는 그때까지 열어두었던 풍금 뚜껑을 닫았습니다. 다시는 풍금 타는 일이 없으리라는 걸 다짐이라도 하듯 쇠를 채우고 나서 그 위에다 전처럼 반짇고리를 올려두었습니다. 그게 여덟 해 전, 내가 여섯 살 때 일이었던 거지요. 그날 이후 어머니는 정말 풍금 뚜껑을 여는 일이 없었습니다. 이따금씩 그쪽으로 망연한 눈길을 던지고 있는 모습만 보였을 뿐이에요. 그런 때 어머니가 본 건 무엇이었을까요? 어머니의 눈길은 풍금을 지나 더 멀리 아득한 곳을 헤매고 있는 것처럼 저에게는 느껴지곤 했습니다.

아! 그 풍금 뚜껑을 어머니가 가만히 열었지요. 반짇고리 대신 올려두었던 꽃병과 인형을 조심스레 내려놓은 다음에요. 그렇군요. 네, 여기서 그간에 있었던 일들을 대강 말씀드려야겠군요.

제가 열한 살, 그리고 어머니가 스물아홉 나던 해인 1940년 가을에 우리 가족은 서울(경성부)로 이사를 했습니다. 그러니까 사랑손님이 떠나신 후 다섯 해가 지나서인데 사실은 큰외삼촌네 이삿짐에 묻어서 한 거예요. 무슨 생각에서 큰외삼촌이 조상 대대로 살아온 터전을 버리고 그리도 먼 남행길을 나서게 됐는지 저는 물론 알고 있지 못합니다. 나중에 삼팔선이라는 게 생겨서 길이 막히고 나서 보니 참 잘한 일이라는 생각이 들었지요. 어쩌면 큰외삼촌에게는 선견지명이라는 게 있었던 건지도 모릅니다.

그로부터 다시 세 해가 더 흐른 1943년 봄에 '티룸 풍금'이 종로통 한구석에서 문을 열었지요. 주인이자 마담은 그해 서른둘의 제 어머니셨습니다. 열네 살의 저는 겨우 시다 역을 자임했구요. 그나마 학교를 다녀온 이후에나 거들 수 있었지만… 낯선 땅 낯선 도시에서 우리 모녀가 닻을 내리기는 결코 쉬운 일이 아니었어요. 그나마 외삼촌의 도움이 없었다면 어떠했을까, 상상할 수도 없는 일이지요. 어쨌거나 어머니는 바느질품이며 식당업, 문구점 등을 거쳐 마침내 '티룸 풍금'을 개업하기에 이른 것이지요.

종로통이라곤 해도 좁은 뒷골목의 목조 2층이었고, 여기저기서 모아들인 의자 스물두어 개쯤을 겨우 수용할 수 있는 공간이었어요. 특별한 내부 장식도 없이 그저 소박하고 편안하게 꾸몄답니다. 그래서였나요. 어머니의 저 풍금을 홀 한쪽에다 내놓고 모조품인 백자 항아리를 그 위에다 올려놓았는데 그게 썩 그럴듯해 보이기에 저는 항아리 옆에다 인형도 나란히 놓아두었지요. 사랑손님으로부터 작별 선물로 받은 바로 그 인형이지요. 사랑방 분위기가 느껴진다고 다들 좋아하시더라구요. '티룸 풍금'이란 상호와도 잘 맞아떨어진다고, 누구 아이디어냐고 더러 묻기도 했습니다.

상호를 정하고 그런 아이디어를 낸 사람은 바로 어머니셨어요. 세상 많고 많은 말들 중에 왜 '풍금'일까? 간판 올리던 날부터 저는 종종 생각해보곤 했습니다. 풍금, 풍금, 풍금… 저로선 얼굴도 본 적이 없는 아버지가 어머니를 위해 사주신 거라고 했습니다. 풍금이 귀하던 그 시절에 말입니다. 아버지의 넉넉한 마음도 그렇지만 처녀 적 어머니의 꿈은 무엇이었을까 곰곰 상상하다 보면 문득문득 엉뚱한 얼굴이 떠올랐지요. 오래전에 우리 곁을 떠난 저 사랑손님의 얼굴이….

개업 자축연 자리에서였습니다. 외삼촌을 비롯한 외가 쪽과 어머니의 친구분들 해서 고작 열서너 명쯤의 조촐한 잔치였지요. 그래서 생일잔치처럼 가족적인 분위기였습니다. 함께 둘러서서 따끈따끈한 시루떡을 떼고 갓 내린 커피를 한 모금씩 음미하던 중에 누가 불쑥 제안했어요.

"이런 날 우리 마담의 풍금 솜씨를 한번 감상해보는 게 어떻겠습니까?"

나중에 안 거지만, 어머니의 오랜 친구분이셨어요.

"그거 좋겠구먼!"

"좋다마다…. 처녀 때 솜씨 어디 갔을라구…."

"성악가나 피아니스트가 되리라고 다들 기대했었지, 우리…."

그런 소리들과 함께 박수가 터져 나왔기 때문에 그들을 초대한 어머니로서는 도저히 피할 길이 없었습니다. 얼굴이 새빨개진 어머니는 하는 수 없이 풍금 뚜껑을 열었지요. 그러고 나서 한참 동안 호흡을 가다듬더니 마침내 손을 건반 위로 가져갔습니다. 그 순간 저는 너무너무 긴장되어 숨을 쉴 수가 없을 지경이었어요. 그만 두 눈을 꼭 감아버렸습니다.

아! 풍금 소리…. 저는 첫 소절만 듣고도 금방 기억해냈습니다. 저 여덟 해 전 사랑손님과 함께 들었던 바로 그 곡이었어요. 저는 눈을 떴습니다. 어머니가 노래를 부르기 시작했습니다. 사랑의 기쁨은 어느덧 사라지고…. 그때처럼 한없이 맑고 고운 목소리였어요. 때마침 붉게 물든 저녁볕이 창 너머로 흠뻑 쏟아져 들어온 탓이었을까요. 어머니의 얼굴에는 어느덧 뜨거운 어떤 열망 같은 것이 타오르는 듯했습니다. 저는 '티룸 풍금'에 앉아 있다는 사실을 그만 잊고 말았습니다. 어머니의 그 얼굴빛이 여덟 해 전의 그 순간으로 저를 되돌려놓았던 거지요. 그때처럼 어머니가 저를 껴안고 울음이 잠긴 목소리로 이렇게 말할 것 같은 착각에 빠졌거든요.

"옥희야, 난 너 하나문 그뿐이다."

지금 생각해보니 열네 살, 저는 막 사춘기로 접어들고 있었던 건지도 몰라요. 비로소 어머니의 그 말이 무슨 뜻이었나 깨달아졌습니다.

3년이란 세월이 또 금방 흘러갔습니다. 8·15 해방 다음 해이니까 1946년도 여름입니다.

장마철답게 하루 종일 궂은 날씨더니 해질 녘부터

는 제법 굵은 빗줄기가 골목을 적시고 있었습니다. 게다가 월요일 저녁이기도 해서 홀은 텅 비다시피 했지요. 아홉 시쯤이었나, 그만 문을 닫아야겠다며 카운터를 나서던 어머니가 느닷없이 비명을 질렀습니다. 마침 홀 안으로 성큼 들어선 큰외삼촌 때문만은 아니었어요. 뒤따라 단정한 양복 차림에 중절모를 눌러쓴 신사분이 들어섰던 거지요. 그의 얼굴을 본 순간 저 역시 외마디 소리를 뱉어내고 말았어요. 왜냐구요? 중절모를 벗어들고 어머니 앞에서 조용히 웃고 서 있는 사나이, 그는 저 사랑손님이 분명했기 때문이지요.

세상에! 제 입은 얼어붙고 말았어요. 너무너무 뜻밖의 일이었거든요. 어머니는, 잠깐이긴 했지만, 숫제 넋을 잃어버린 듯했습니다. 핏기 잃은 얼굴에 두 눈만 겁먹은 듯 번히 열려 있었어요. 열한 해만의 만남인데도 뭐라 말 한 마디 뱉어놓지 못하더군요. 저 역시 그랬어요. 반가운 마음에서 그에게로 와락 다가서긴 했지만 입술이 딱 달라붙어서 도무지 떨어지지 않더라구요.

"옥희가 많이 컸구나…."

그가 제 어깨를 가만히 쓰다듬으며 말했어요.

"반갑다. 이젠 아리따운 처녀가 되었구나…."

저는 얼른 어머니 등 뒤로 가 숨었습니다. 그제야 왈칵 부끄러움이 밀려들었기 때문이지요.

그날 저녁에 우리는 참 많은 얘기를 나누었습니다. 그 신사분과 큰외삼촌이 나란히 앉고 맞은편에 어머니와 제가 앉았지요. 제가 새 커피를 내려 왔더니 그분이 굳이 나를 잡아 앉혔어요. 이젠 여섯 살짜리 계집아이가 아니라는 거지요. 큰외삼촌도 이렇게 거들었어요.

"아무렴. 네 엄마가 시집간 나이다. 허허…."

그랬지요. 어언 저는 열일곱, 어머니는 서른다섯의 여인이었습니다.

우리 집 사랑을 떠난 이후 그분은 미국 유학의 길을 나섰노라고 했습니다. 스탠퍼드 대학에서 교육학 박사를 받은 다음 미네소타 주립대학의 교수로 재직 중이었어요. 그러다 조국이 해방을 맞자 기왕이면 내

나라에서 일하고 싶다는 열망을 품게 되었다고 했지요.

"참 염치없는 욕심이지요. 조국 독립을 위해 한 일은 아무것도 없으면서 말이지요."

그러면서 계면쩍은 웃음을 머금더군요.

"이 친구, 여기 대학으로 곧 옮겨올 거야."

큰외삼촌이 말했습니다.

"그러면 식구들도 같이 와야지?"

왠지 모를 일이지요. 갑자기 그분의 귓불이 눈에 띄게 붉어졌어요. 시선을 아래로 떨군 채로 조그맣게 머리를 주억거리기도 했는데 제가 보기에는 긍정도 부정도 아닌, 그러니까 이도 저도 영 자신 없어 하는 것 같았어요. 그때부터 분위기도 어쩐지 썰렁해졌고 시간도 꽤 흘렀으므로 우리 정담의 자리는 그것으로 파했습니다.

두어 주일쯤 뒤에 그분은 '티룸 풍금'에 다시 모습을 나타냈어요. 지난번엔 엉겁결에 빈손으로 왔다며 철 이른 장미 한 다발을 안고 오셨지요. 많이 늦었지만 '티룸 풍금'의 개업을 축하한다고 하시대요. 학기가 시작됐기 때문에 학교로 돌아가노라고, 아마도 내년 봄학기부터는 여기서 일하게 될 것 같다고 하더군요. 저는 철부지처럼 냅다 환성을 질렀지요.

"아! 그리 되면 자주 뵐 수 있겠네요…."

손뼉이라도 치고 싶은 마음이었지요. 어머니의 얼굴에도 환한 미소가 피어났습니다. 하지만 잠시뿐이었어요. 어머니는 금방 웃음을 지우고 시선을 떨구었습니다. 저는 갑자기 어머니가 몹시 외롭고 쓸쓸한 여자처럼 느껴져 마음이 아팠습니다. 어머니는 장미를 풍금 위의 항아리에 담아두었습니다. 하지만 며칠 가지 못해 시들고 말더군요.

다음 해 봄에 그분은 정말로 K대학의 교수로 부임해 왔습니다. 혼자였습니다. 가족은 여건이 허락하는 대로 조만간 뒤따라올 거라고 했지요. 외삼촌을 통해 들은 바로는 다섯 살 난 아들과 두 살배기 딸을 두었다고 했어요. 그리고 또, 삼촌은 잠시 짬을 두었다가 이렇게 불쑥 말했지요.

"와이프가 백인 여자라더만…."

저는 너무너무 놀란 나머지 벌어진 입을 다물 수가 없었답니다. 생각해보세요. 그 시절만 해도 그런 경우란 매우 드물었으니까요. 그 무렵 해방정국의 중심인물 중 한 분이던 이승만 박사의 경우가 제가 들어 아는 유일한 거였지요. 어머니 역시 충격을 받은 것 같았어요. 갑자기 얼굴이 하얗게 질리면서 동공이 활짝 열렸어요. 놀라움이라기보다 어떤 두려움 혹은 안타까움 같은 것을 가득 담은 눈빛으로 주변을 두리번거리기까지 했습니다. 세상에! 저는 속으로 가만히 혀를 찼습니다.

어쨌거나, 그분은 우리 '티룸 풍금'에 종종 모습을 나타냈습니다. 주로 큰외삼촌이나 다른 친구분들과 함께였지만 더러는 혼자이기도 하였지요. 그런 때면 저 풍금 곁에 자리 잡고 앉아 음악에 조용히 귀를 기울이셨습니다. 홀 안에 잔잔히 흐르고 있는 음률에 모든 걸 맡긴 사람처럼 깊숙이 등을 대고 눈을 지그시 감은 채 한 시간이고 두 시간이고 움직임이 없었지요. 약간 헝클어진 머리와 반듯한 이마, 그리고 깊이 그늘진 인중 아래 꾹 다문 입…. 저는 그의 모습에서 지적 매력과 더불어 뜻밖의 외로움 혹은 생의 고달픔 같은 걸 발견하고 내심 놀라워했답니다. 저 유명 대학 교수님의 어깨를 무겁게 하고 있는 건 무엇일까? 곰곰 생각해보았지만 인생을 알기에 저는 역시 한낱 어린 계집아이에 지나지 않았습니다.

좀 드문 경우이긴 하지만, 간혹 어머니가 새로 내린 커피를 들고 가 맞은편에 앉기도 했습니다. 다른 손님이 거의 없는 늦은 시간에요. 두 사람은 조용히 대화를 나누고 자주 웃기도 했지요. 그런 때 두 얼굴은 어찌나 환하게 빛나던지요. 스스럼없이 손이라도 맞잡을 것 같은 분위기였어요. 하지만 오래진 않았어요. 어머니가 빈 잔을 챙겨 일어서고 나면 그는 다시 눈을 감고 깊이 가라앉는 것이었어요. 그 밝고 환하던 공간이 금방 어두운 그늘에 잠겨버리는 거지요.

다음 해에도, 그리고 또 그다음 해에도 그분은 여전히 그런 식으로 '티룸 풍금'을 드나들었습니다. 가족은 여전히 오지 않았습니다. 아이들 때문이라기도 하고 또 우리나라 상황이 여전히 불안한 탓이라고도 했지요. 물론 외삼촌이 한 말일뿐 정작 그분은 말이 없었어요. 방학 때마다 한두 달씩 미국을 다녀오곤 하셨죠. 가족은 언제 오나요? 언젠가 제가 단도직입적으로 물었을 때도 그는 애매한 웃음만 보이더라구요. 아, 애들이 그새 또 컷겠네, 나는 내심 생각했어요. 일곱 살, 네 살… 부인이 백인 여자랬지. 애들은 어떻게 생겼을까? 도무지 상상이 되지 않았어요.

1950년, 6·25 전쟁이 터졌을 때 저는 스물한 살, 어머니는 서른아홉이었답니다. 저의 10대는 두 해 전에 끝났고 청상과부댁이 된 어머니는 어느새 마흔 고개를 눈앞에 둔 때였습니다.

전쟁이 나고 사흘째 되는 날 외삼촌네는 피난길에 올랐습니다. 그러나 우리 모녀는 동행할 수가 없었어요. 저 때문이었지요. 우리 모녀가 전쟁이 터졌다는 소식을 접한 것은 병원에서였습니다. 그 이틀 전에 제

74   인생손님

가 맹장수술을 받았거든요. 그 시절만 해도 그건 큰 외과수술이었어요. 당장 피난길을 나서기는 무리라는 게 담당의사의 소견이었지요. 며칠만 더 기다려 보자, 하고 우리는 불안을 달랬습니다. 설마 수도 서울을 쉽게 내주기야 하랴 싶었던 거지요. 비가 추적추적 내리는 밤, 이승만 대통령의 거듭되는 방송을 들으면서 가슴을 졸였습니다. 참 헛된 꿈이었지요. 나중에 알게 된 거지만, 그날 정부는 이미 대전으로 옮겨 갔고, 그리고 다음 날인 28일 새벽에 한강 다리가 끊어졌더군요.

소련제 장갑차를 앞세운 인민군이 서울 시내에 진입한 것은 전쟁 발발 4일 차인 28일 이른 아침부터였습니다. 거리 풍경이며 분위기가 어떠했으리라는 건 군이 말씀드리지 않아도 족히 상상하실 테지요. 그날부터 우리 모녀는 '티룸 풍금'의 문을 굳게 닫아걸고 칩거에 들어갔습니다. 그로부터 꼬박 석 달 동안이나요. 바깥세상이 지옥처럼 끔찍스럽게 상상되었으니까요. 하필이면 이 난리통에 맹장수술이라니! 저는 자신의 불운이 더없이 원망스러웠답니다.

주방에 딸린 조그만 방에서 숨죽이며 생활한 지 한 달쯤 지났을까요. 한밤중에 누군가가 현관문을 잡아당기는 소리가 들려왔습니다. 아! 그 순간의 두려움이라니… 밤마다 잠을 설치던 우리 모녀는 그야말로 혼비백산했지요. 처음엔 퍼렇게 질린 얼굴을 마주보면서 마냥 떨기만 했습니다.

"좀 이상하지 않니?"

어머니가 쉰 목소리로 속삭였습니다.

"뭐가?"

"도둑인가? 이런 난리 중에?"

그랬습니다. 문을 억지로 열려고 안간힘 하는 듯 몹시 은밀하고 초조한 태도가 느껴졌거든요. 한없이 주저하고 두려워하는 마음을 읽을 수 있었어요. 갑자기 어머니가 현관 쪽으로 달려갔습니다. 그러고는 망설임 없이 도어록을 풀더라구요. 저는 입만 벌린 채로 멍하니 서 있었어요. 어머니에게 저처럼 결연한 데가 있구나! 내심 감탄했지요. 문이 열리자 한 사내가 재빨리 들어섰습니다. 그분이었어요. 일부러 위장을 한 걸까. 노숙하는 부랑자들과 다를 바 없는 남루한 행색이었어요.

어쩌다 피난 기회를 놓쳤다고 했습니다. 사정이 있어 나흘째 되는 28일에나 나설 작정이었는데 그날 아침에 일어나보니 한강 다리는 이미 폭파됐고 인민군 장갑차가 새벽부터 미아리고개를 넘어오고 있다는 소문이 들려오더라고 했어요.

"하숙집에 혼자 남았지요. 그런데 얼마 전부터 대문을 두들기는 자들이 자주 나타났어요. 사람을 찾는 거 같았어요."

임시방편으로 급조한 은신처에서 잘 모면했기 망정이지 불행히도 검거됐다면 결국 북으로 끌려가는 신세가 되었으리라. 문득 '티룸 풍금'이 생각났다는 거였어요. 피난들 가고 비어 있을 거라 생각했고, 등잔 밑이 어둡다고 여기가 되레 안전할지도 모른다고 생각했다는 거지요.

"몰래 잠입하려 했는데 갑자기 문이 열려서 기절할

뻔했습니다."

경황 중에 그는 웃고 있었어요. 두려움 같은 건 말끔히 걷힌 얼굴이었죠. 어머니가 그의 손을 꼭 쥐고 있었습니다.

9·28 수복 후에도 한동안 우리는 함께 생활했습니다. 우리 모녀와 그분, 그렇게 세 사람이 '티룸 풍금'에서 동거한 거지요. 주방에 딸린 골방 하나밖에 없었기 때문에 그분은 늘 홀의 풍금 뒤편에 잠자리를 폈지요. 얼마나 불편하셨을지 상상이 돼요. 서로 민망한 순간도 많았지만 아무도 내색하지 않았어요. 전시 중이어설까요. 되레 그 상황을 즐기기라도 하듯 우리는 자주 웃음을 머금곤 했지요. 비록 불안하고 옹색한 생활이었지만 우리는 결코 불행하지는 않았습니다.

하숙집이나 학교가 정상화되어 그분이 제자리로 돌아간 건 그해 11월 중순도 지나서예요. 그러니까 석 달 남짓, 우리는 함께 살았던 거지요. 전쟁의 그 소용돌이 한가운데서 말이지요. 지금 생각해보면, 전쟁이라는 미증유의 경험을 치른 터라 누구에게나 그러했겠지만, 우리에게는 너무나 각별한 기간이 아니었나 싶습니다. 이후 내내 심중에 깊이 남아 점점 더 무겁게 되새겨지곤 했어요. 우리 세 사람이 '티룸 풍금'에 갇혀 살았던 그 시간 그 순간들이 말이에요. 피난길 발목을 잡았던 저의 맹장수술이 두 분에게는 어쩌면 뜻밖의 축복이 아니었나 싶은 거지요. 그때로부터 또다시 긴 세월이 흘러간 지금도 마음 한구석이 자꾸만 아릿해지곤 한답니다.

열여덟 너무나 이른 나이에 청상이 된 어머니는 이승에서 예순넷의 수를 누리고 우리 곁을 떠나가셨습니다. 그 서너 해 전에 정년퇴직하여 미국의 가족에게로 돌아가 살던 그분을 어머니의 영결식장에서 보게 된 건 저로서는 적지 않은 위안이 되었답니다. 어머니도 그러셨을 것이라고 저는 믿고 있습니다.

필자 주) 작가 주요섭은 1902년 평양 신양리에서 태어났고 1929년에 스탠퍼드 대학 교육학 석사과정을 수료했으며, 이후 베이징의 푸렌 대학 교수로 10여 년간 재직했다.

사랑손님과 누님

박성원

1

    요즘 들어 매형 사진을 보기 더욱 힘들어졌다. 사랑방에 아저씨가 오기 전까지 누나는 장롱 안에 두고 가끔 보는 것 같더니 이젠 아예 꺼내보지도 않는다. 옥희도 별로 찾는 눈치가 아니다. 사라진 건 매형 사진만은 아니다. 장지문을 닫아 사랑방이 두 방으로 나누어졌다고는 하지만 어쨌거나 내 방도 반 이상 사라졌다. 옥희를 유치원에 데리고 다니는 것도 이젠 하지 않는다. 옥희 역시 동화책을 읽어달라거나 함께 놀아달라고 더 이상 조르지 않는다. 귀찮은 일이 줄어

들었다고 스스로에게 말하지만 어쩐지 그리 편하지만은 않다.

옥희는 이 세상에서 누가 제일 좋누.

마당에 혼자 있던 옥희에게 며칠 전에 물었다.

그야, 엄마지.

엄마 다음엔.

옥희는 말하지 않았다. 말하지 않아도 충분히 알아들을 수 있었다. 흔들리는 작고 여린 눈동자. 아이들의 눈동자는 작은 바람에도 일렁이는 풀과 같다. 바람이 불면 부는 대로 움직일 뿐 바람에 거역하지 않는다.

아저씨 좋아?

내가 묻자 옥희는 기다렸다는 듯이 고개를 끄덕였다. 그러고는 내 눈을 보며 말했다.

삼촌도 좋아.

아빠는?

아빠? 아빠도…, 물론 좋아.

거짓말. 거짓말이다. 옥희는 땅만 바라볼 뿐 눈을

마주치려 하지 않았다.

옥희야, 네 아빠는 말이야.

나는 옥희를 데리고 가면서 매형에 대한 이야기를 꺼냈다. 하지만 이내 그만두었다. 해줄 이야기가 없는 건 아니었다. 매형은 아버지보단 거리가 가까웠고 형보다 더 살가운 사람이었다. 아버지나 형은 새로운 문물을 절대 알아서는 안 되는 비밀처럼 대한 반면 매형은 달랐다. 서양음악을 들려주었고 새로운 것들에 대해 늘 알려주었다.

세상은 일본보다 더 넓다. 언젠가 매형은 그렇게 말했다. 그러나 우리 집안은 달랐다. 일본을 욕하면서도 우리는 달걀을 먹을 수 있는 것에 만족했다. 만주에서 들려오는 독립운동에 대해 몰래 이야기하다가도 일본인들이 다니는 중학교에 나를 보냈다. 러시아의 사회주의에 대해 말하다가도 문중에 재산 문제가 생기면 친척이어도 원수가 되었다. 어디 가나 인간이 문제고 억압과 강제가 문제야. 매형은 그렇게 말했다. 풀피리 부는 법을 가르쳐준 사람도, 달걀을 삶지 않고 프라이로 만들 수 있다는 것도, 일본인 인권운동가와 친구가 될 수 있다는 것도 모두 매형이 보여주었다.

옥희야, 그러니까…, 아빠는 말이야.

옥희는 재미없는 표정을 지었다. 태어나기도 전에 죽은 아빠에 대해 무슨 그리움이 있을까. 매형처럼 말을 재미있게 해주는 재주도 나에게는 없다. 죽은 사람만 억울하지. 나는 옥희 머리를 쓰다듬어주었다. 오후 햇살이 슬며시 사랑방으로 다가갔다. 늙은 고양이처럼.

2

요즘 들어 찬송가 소리 듣는 게 그리 좋지만은 않았다. 밤에 울리는 풍금 소리는 더더욱 그러했다.

애야, 잠 좀 자자. 너무 늦은 시간 아니니.

본채와 바로 붙어 있는 뒷집에서 어머니가 소리를 질렀다.

그만 칠 거예요. 오늘 저녁 기도를 하지 못해서 기도 대신에 한다는 게 그만….

누나가 말했다. 아저씨도 잠을 설치는지 장지문 너머로 이불 움직이는 소리가 달빛보다 더 맑게 들려왔다.

너 아직 안 자는 모양이구나.

내가 부스럭거리자 아저씨가 문 너머에서 말했다. 나는 대답하지 못하고 숨을 죽였다. 마치 나 때문에 잠을 못자는 것 같아 자는 척해야겠다고 생각했다.

가족만큼 소중한 건 없단다. 너는 네 누님이 왜 저렇게 풍금을 울리는지 아니?

잠시 후 본채의 불이 꺼졌다. 창호지 너머로 희미하게 나오던 불빛이 사라지자 어둠과 함께 고요함이 돌담처럼 자리 잡았다. 너무 조용해지자 다시 정신이 맑아지는 것 같았다.

모든 것에는 기라는 게 있단다. 미국 사람들 말로는 에너지라고도 하고. 불에는 불의 에너지가 있고 끓는 물에는 끓는 물의 에너지가 있지. 학교에서 배웠지?

아니요, 다음 학기에 배운다고 들었어요.

아저씨가 선생님이라는 게 집에서도 버릇이 되어 나도 모르게 대답이 나왔다.

과학 선생님이 나카무라 선생님이시지?

아저씨가 잘 안다는 듯 물었다.

아뇨, 저희 반은 차형호 선생님이 맡고 있어요.

그래? 그렇구나. 차형호 선생님이라. 좋지 않아, 좋지 않아. 음. 내가 실수했구나. 차형호 선생님도 훌륭하신 분이야. 알고 있지?

네.

내가 일본 유학하면서 가장 절실하게 느낀 게 뭔지 아니? 가장 그리운 게 이상하게도 전통이었어. 잊고 있던 우리 조선의 전통 말이야. 물론 이 선생님도 태어나기 전에 일본과 합방이 되었지만 어릴 때 보고 들은 것들이 있거든. 너는 기억나는 조선의 전통이 있니?

아니요. 제기차기 같은 게 전통인가요? 그런 놀이

는 조금 아는데.

　제기차기라. 글쎄다. 다른 나라에도 제기차기가 있는지 모르겠네. 내가 기억하는 것은 어머니의 모습이야. 거안제미(擧案齊眉)라고 해서 어머니가 아버지에게 밥상을 올릴 때는 매우 공손하게 올렸단다. 요즘은 일본정부가 새해를 신정으로 해서 양력 1월 1일에 쉬지만 우리나라의 설날은 따로 있었어. 설날이나 추석 같은 명절엔 종갓집에 모두 모이지. 멀리 떨어져 있던 친척도 만날 수 있고 모두 한자리에 모여 돌아가신 선조들에게 인사를 하고 가족과 친척 간에 서로 인사를 나누지.

　성탄절은 알아요. 일왕탄신일도 알고요.

　그래, 그런 것들과는 매우 다르단다. 그런 것들은 모두 외국에서 온 거야. 전통과는 전혀 다른 것들이지.

　네.

　내일부터라도 조선의 전통에 대해 조금씩 가르쳐야겠구나. 음.

아저씨는 그렇게 말하고 더 이상 말을 잇지 않았다.

선생님.

내가 불렀지만 대답이 없었다.

선생님, 주무세요?

음, 그래. 막 잠 들려는 참이었어.

조금 전에 에너지라고 하는 기에 대해 말씀하셨잖아요. 누님이 왜 풍금을 저렇게 치는지 저보고 아느냐고.

잠시 침묵이 흘렀다. 아저씨는, 아마도 옆으로 돌아눕는 것 같았는데, 부스럭거리는 소리를 내며 말했다.

흐르는 물을 가두고 그 옆으로 작은 틈을 내면, 물은 그 방향으로만 미친 듯이 흐른단다. 알겠니?

네.

밤이 늦었구나. 그만 자거라.

네, 라고 대답은 했지만 그건 알 것도 모를 것도 같았다.

네 누님은 불행한 여인이야. 불행한 사람에겐 누군

가가 필요해. 무슨 말인지 알겠니?

아뇨.

넌 너의 뒷모습을 본 적이 있니? 사람은 자신의 뒷모습을 볼 수 없어. 다른 사람만이 볼 수 있지. 그만 자자. 밤이 깊었구나.

아저씨는 얕은 기침을 내뱉었다.

다음 날 나는 학교를 마치고 일찍 돌아왔다. 전통에 대한 공부가 있을 줄 알았지만 아저씨는 옥희랑 놀아줄 뿐이었다.

여필종부(女必從夫)라고 해봐.

아저씨가 말하자 옥희가 따라했다.

여필종부.

우리 옥희는 누굴 닮아 이렇게 똑똑하누. 엄마 닮았지?

네.

아저씨는 상으로 옥희에게 삶은 달걀을 주었다.

며칠 후는 일요일이었는데, 아저씨는 아침 일찍부터 옷을 차려입고 준비를 했다.

어디 나들이를 가세요?

내가 묻자 아저씨는 거울을 보면서 누나가 다니는 교회에 간다고 했다. 내가 알기로 아저씨는 불교 신자였지만 양복을 갖춰 입고 성경책을 낀 모습이 독실한 기독 신자처럼 보였다. 살짝 여우비가 내릴 것 같은 날씨였고 가을 냄새가 살금살금 다가왔다. 볕을 찾아가는 고양이처럼.

3

조용한 건 무덤밖에 없었다. 옥희가 어딜 그렇게 쏘다니는지 물어볼 때도 나는 가르쳐주지 않았다. 매형 무덤엔 누나도 옥희도 자주 오지 않는다. 나만 자주 들릴 뿐이었다. 아저씨가 온 후로 매형 무덤을 더 자주 찾게 되었다. 조용해서 좋은 것인지 아니면 매형에게 이런저런 말을 혼자 할 수 있어 좋은 것인지 이유는 알 수 없다. 그날은 나보다 누군가가 먼저 와 있었다. 차형호 선생님이었다. 내가 다가가서 인사를 하자 선생님은 부끄러운 일을 하다 들킨 사람처럼 놀랐다. 입에 풀을 물고 있었는데 놀란 나머지 풀을 삼킬 것 같았다. 입안에서 풀을 꺼낸 선생님은 겨우 말을 꺼냈다.

어쩐지 깨끗하더라니. 네가 와서 잡초도 뜯고 한 모양이구나.

선생님이 그렇게 말하자 머릿속이 조금 복잡해졌다. 차형호 선생님도 나만큼 여길 자주 왔단 말일 텐데 매형과 친분이 두터웠는지는 처음 알았다. 물론 같은 선생님이어서 잘 알 수도 있었을 테지만 장례식에 다른 동료 선생님들과 한 번 다녀간 게 다였다.

매형과 선생님은 서로 친구이셨나요.

내가 묻자 선생님은 잠시 가만히 있었다.

글쎄. 친구였나.

선생님은 그렇게 말하고 하늘을 바라보았다. 언젠가 매형과 이야기를 나누었던 게 떠올랐다. 내가 친구들에 대한 이야기를 했는데, 매형은 이런 말을 했다. 서로 잘 알아도 아는 척을 하면 안 되는 그런 세상이야. 친구임을 숨겨야 살 수 있는 시절이지. 마치 홍길동처럼 말이야. 아버지를 아버지라 부르지 못하고 형을 형이라 부르지 못하고. 너는 이런 시절이 싫지?

선생님은 자리에서 일어나더니 바지를 털었다.

넌 매형이 왜 죽었는지 아니?

나는 가만히 있었다. 매형의 죽음에 대해 어른들 모두 입을 다물고 있었다.

억울하면, 너무 억울하면 사람이 죽을 수도 있어. 물론 그 억울함은 누군가가 모함을 했기 때문이지. 죽은 사람만 억울하지.

선생님은 무덤 위에 있던 풀을 하나 꺾어 풀피리를 만들었다. 매형과 만드는 방식이 똑같았다.

자, 선물.

선생님은 풀피리를 나에게 주었다.

참. 그리고 줄 게 있어. 이거 네 집에 계신 선생님 손수건이다. 내가 빌려놓고 잊고 있었어. 대신 전해줄래?

차형호 선생님은 주머니에서 손수건을 꺼냈다. 그러고는 손수건만 주고 뒤도 안 돌아보고 내려갔다. 차형호 선생님이 건네준 손수건은 분명 매형의 것이었다. 내가 그토록 확신하는 건 내가 선물한 손수건이기 때문이었다. 매형의 성은 박 씨였고 손수건에 영문자 'P'를 새겨놓았기 때문이었다. 그런데 이 손수건이 왜 아저씨 것이란 말인가. 나는 영문을 알 수 없었다.

저기, 선생님.

나는 큰소리로 차형호 선생님을 불렀다. 선생님은 멈춰 서서 나를 보았다.

선생님. 이 손수건은.

내가 말하자 선생님은 말했다.

누님 드리면 알 거야.

선생님은 내려가면서 풀을 다시 하나 꺾고는 접으면서 내려갔다.

나는 집으로 가서 손수건을 들고 한동안 망설였다. 누나에게 직접 줄 수 없었다. 나조차도 영문을 모르는데 일이 더 복잡해질 것만 같았다. 나는 아저씨 빨래에 넣었다.

다음 날 빨래를 마친 누나는 옷들을 개키고 다림질을 하다가 매형의 손수건을 보았다. 누나도 너무 놀라는 눈치였다.

애, 옥희야.

누나가 옥희를 불렀다.

이 손수건 분명 아저씨 세탁물에서 가져온 거니?

응.

옥희가 대답하자 누나는 한동안 멍하니 있었다. 한참 뒤에 방으로 가서 편지 한 장과 손수건을 가지고 나와 아저씨에게 전해주라고 했다. 옥희는 누나가 준 편지와 손수건을 가지고 아저씨 방으로 갔다. 전해주고 나오는 옥희를 이번엔 내가 몰래 불렀다.

아저씨에게 손수건 줬어?

응. 그런데 아저씨가 손수건 안에 있던 편지를 읽더니 얼굴이 새파래지던데. 아저씨 아픈 거야?

글쎄. 모르겠어.

그건 진심이었다. 무언가 알 것도 같았고 모를 것

도 같았다. 눈에 보이는 구름처럼 분명 보이는데도 잡을 수는 없을 것 같았다. 그냥 하늘을 보았다. 구름에 가려 있던 달빛이 나타났다. 하품하다 눈을 뜬 고양이 눈동자처럼.

4

며칠 후 아저씨는 사랑방에서 나갔다. 언덕 위에서 우는 누나를 보았다. 삶은 달걀을 사주지 않았다고 옥희도 울었다. 나는 매형 무덤에 가서 풀피리를 만들었다. 만드는 건 제법이지만 아직 잘 불어지지 않는다. 언젠가는 잘 불겠지. 나는 소리도 제대로 나지 않는 풀피리를 계속 불고 불었다. 늙은 고양이 소리 같았다.

봉선화 꽃물 들인 소녀

조현

아저씨가 떠나고 나니 집이 텅 빈 듯 쓸쓸하였어요. 사날이 지났는데도 슬근히 아저씨가 어딘가에서 나타나

"옥희는 사탕 좋아하나?" 하고 커단 댕구알 사탕을 건네주며 말을 걸 것만 같았지요. 그래서 난 방에서 풍금을 타다가도 사랑 쪽에서 무언 소리라도 나면 쪼르르 달려가 봤지요. 하지만 날 꼭 안아주던 아저씨는 간데없고 검댕 묻은 강아지만 사랑 뜰에서 펄렁펄렁 날아다니는 나비를 쫓고 있었지요.

나는 그 꼴이 우스워서 한참 깔깔거리다가도 잠깐

지나면 왠지 티끌이 들어간 듯 눈이 시려와 눈새를 비비곤 했지요. 그리고 애꿎은 강아지를 톡톡 차며

"가이야, 혼자서만 그리 좋아 수선스레 굴지 마라. 난 이제 달걀도, 아저씨도 없는데" 하고 사랑 밖으로 내보내지요.

한껏 혼자 풍금을 타다가도 아저씨가 보여주던 그림책이 생각나는 날이면 슬쩍 작은외삼촌 방에 들어가 책을 꺼내보지요. 짐을 꾸릴 때 아저씨가 외삼촌에게 준 그림책에는 아주 멋진 그림들이 들어 있었어요. 난 그 중에서도 나만한 계집애가 남자 어른을 옆에 세우고 가만히 앉아 있는 그림을 좋아하지요. 난 책갈피를 해놓았기에 그림책을 펼쳐 고 계집애를 단번에 찾을 수 있답니다.

생각해보면 내가 사랑마루에 앉아 그림에 홀딱 빠져 들여다보고 있을 때면 아저씨는 갱지에 뭔가를 그렸지요. 한번은 그게 몹시 궁금해서

"아저씨, 무에 그리우?" 하고 물으면

"옥희 얼굴이 똑똑해서 그리고 있지" 하고 내 모습

을 그린 그림을 보여주지요. 난 아저씨가 기다란 숯으로 그려가는 얼굴이 세수 후에 면경으로 보던 내 모습과 꼭 닮아 흡족했지요. 유치원 들어갈 때 새로 얻은 머리핀도 똑바로 그려져 있고요. 하지만 다시 찬찬히 들여다보니 반듯하고 예쁜 얼굴이 왠지 나보다 꽤 어른스럽게 느껴져 좀 이상하게도 생각됐지요.

작은외삼촌이 그러는데 아저씨는 먼 데서 그림공부를 했고 지금은 우리 동리 학교에서 미술을 가르친다고 했습니다. 그래서 아저씨는 사랑 한가득 그림책이 많았나 봅니다.

난 그 얘기를 듣고, '그림이야 나도 잘 그리는걸. 어디 그림책에 나온 것보다 더 잘 그리나 보자' 하고 외할머니 댁 사진첩에서 옛 사진 한 장을 빼어다 아저씨한테 가져다준 적이 있었습니다. 꼭 나만한 또래의 처녀애가 분장을 하고 새초롬히 앉아 있는 그림이었지요. 그 사진을 본 아저씨가

"이게 누구냐?" 하고 묻자 난 혀를 까불며 한껏 으스댔지요.

"보면 모르우. 우리 엄만데 꼭 나만했을 때 학교에
서 학예회 연극을 할 때 찍은 거야요. 요것도 그릴 수
있수?"

세상에서 가장 예쁜 우리 어머니이니 먼 데서 그림
을 공부한 아저씨라면 얼마나 더 멋지게 그릴지 난 큰
기대를 하였어요. 그러나 아저씨는 얼굴이 홍당무처
럼 빨개지며 급히 사진을 치웠어요. 그런 아저씨가 나
한텐 영 젬병처럼 여겨졌어요. 그리기 귀찮으면 그만
이지 얼굴이 빨개지도록 성을 내며 사진을 품속에 감
출 일은 무어예요.

"싫으면 내 얼굴이라두 잘 그려주시우" 하고 볼멘소
리로 말하니

"만약에 아저씨가 옥희 얼굴을 다 그리문 고 그림
을 어머니한테도 보여줄 테야?" 하고 되묻습니다.

당연하지요. 그렇게 좋은 일을 어떻게 나 혼자만
알 수 있겠어요? 어머니는 물론이고 유치원 동무들한
테도 뽐내며 자랑할 수 있는데요. 동무들 모두가 가
진 아빠가 없어 그동안 기가 죽어 있었는데 그림이 생

긴다면 실컷 자랑할 거야요. 그래서 기뻐 고개를 끄덕이며 아저씨와 손가락 걸고 약속을 했지요. 그랬는데, 그랬는데… 아저씨 없는 사랑 우로 쓸쓸한 낮달만 걸려 있네요.

난 그런 생각을 하다가 안채에서 어머니가 찾는 소리에 만지작거리던 책갈피 꽃잎을 그림책 사이에 숨겨두고 일어섭니다. 어머니가 버리라고 하신 빼빼 마른 꽃송이예요. 왠지 이걸 버리면 아저씨와의 약속이 영영 잊히고 말 것 같아서 차마 버리지 못했던 거야요.

그날도 사랑에서 몰래 마른 꽃송이를 만지작거리며 그림책을 들여다보고 있는데, 그 꼴을 지켜보던 작은외삼촌이

"옥희야, 아저씨 보고 싶나?" 하고 넌지시 말을 건넵니다.

"외삼춘두 그걸 말이라고 해? 난 아저씨한테 얻을 것두 있단 말이야."

"삶은 달걀 말인가?"

난 외삼촌의 말에 어처구니가 없었어요. 게걸거리는 강아지도 아니고, 나같이 다 큰 처녀애가 어찌 달걀만 찾는다고 여기는지. 작은외삼촌은 모르겠지만 나 같은 처녀애는 달걀이나 사탕 못지않게 동무들한테 선선히 자랑할 것도 필요한 일이야요. 하여 난 밑두리콧두리 외삼촌한테 아저씨와의 약속을 일러바쳤더래요.

"그런 일이 있었단 말이지" 하고 한참을 생각하던 외삼촌은

"한데 옥희야 그 꽃은 뜻이 좋지 않다" 하고 내가 만지작거리는 마른 꽃송이를 보며 말합니다.

그리고 '아네모네'란 서양 꽃의 이름과 '사랑의 괴로움'이란 꽃말을 알려주었어요. 난 외삼촌이 일부러 날 놀리는 말 같았어요. 사랑이 괴롭다니? 외삼촌은 아저씨와 사랑을 나눠 쓰면서 불편한 게 꽤 있었나 봐요. 난 사랑에 오면 좋기만 하던데 뭐. 하긴 외삼촌은 끼니때마다 아저씨 상을 들고 다녀서 골이 났나 봅니다. 하기야 아저씨가 외삼촌한텐 달걀 한 알 주는

꿀을 못 보기도 했죠.

"외삼춘, 그럼 꽃말이 좋은 것두 있수?" 하자

"손톱에 들인 물이 가을 서리 내릴 때까지 남아 있으면 좋아하는 사람을 만날 수 있다는 꽃도 있지" 하며 뜰에 핀 봉선화를 가리켰어요. 그래요, 이 얘긴 유치원 동무한테도 들은 적 있는 것 같았지요.

난 외삼춘의 말에 그날 바로 장독대 옆에 핀 봉선화 꽃잎을 땄지요. 그리고 꽃물을 들여달라고 어머니를 졸랐답니다. 아저씨를 다시 만나면 좋아하는 달걀도 한껏 먹을 수 있을 것 같았지요. 하루에 두 알, 아니 세 알.

내 속마음도 모르고 어머니는 봉선화 붉은 꽃잎을 곱게 찧어서 명반을 섞었어요. 그리고 무명지 손톱에 덜어 올린 다음 잎사귀를 대고 명주실로 손톱을 매었습니다.

"잠을 험하게 자면 잡아맨 봉선화가 벗겨질 텐데 온전할라나" 하는 말에 난 아무래도 어머니와 부대끼며 자면 필연 그렇게 될 것만 같아 이제는 따로 자겠

다고 했지요. 생각해보니 이제 난 어엿한 처녀인 거야
요.

밤에 자다가 깨어보니 늘 만져지던 어머니의 보드
라운 살이 느껴지지 않아 좀 무섭기도 했지만 예쁘게
물든 손톱을 동무들에게 보여줄 생각을 하며 명주실
이 감긴 가락꼬치를 꼭 손에 움켜쥐고 잤답니다.

그렇지만 다음날 일어나 부스스한 얼굴로 봉선화
잎사귀를 벗겨보자 아주 옅은 물만 들어 있었어요.
울상인 나에게 어머니는

"꽃물은 단 한 번에는 제 색이 나오지 않아. 두어
번은 더 공을 들여야 비로소 고운 색이 나오는걸" 하
고 말씀하셨어요.

어머니 말씀이 맞았어요. 두어 밤을 더 애쓰자 제
무명지는 마치 사랑마루에 내려앉는 저녁놀처럼 고운
빛깔로 물들었어요. 난 간만에 집에 들른 큰외삼촌한
테도

"큰외삼춘, 어머니 꽃물도 예쁘지만 옥희 것이 더
곱지요?" 하며 퍽이나 자랑을 했답니다. 봉선화 물들

인 손들을 보며 작은외삼촌과 큰외삼촌은 자기들끼리 뭔가를 속닥입니다. 그리고 날 보며 고개를 끄덕이는 모양에 난 인형 귀에 대고 아무도 못 듣게 속삭였어요.

'아무렴 내 손톱이 더 곱단 말이겠지. 아마도 엄마한테 미안하니 저리 귓말을 하는 거겠지.'

뜨문뜨문 풍금을 타며 유치원에서 배운 창가를 연습하는 사이에 여러 날이 지나고, 속깍지에 백열등을 품은 듯 윤기 나는 홍옥들도 끝물인 계절이 되었어요.

어머니는 여전히 바느질 삯으로 가끔 사탕도 사주고 철마다 옷도 지어주지만 여전히 달걀은 사지 않으셨어요. 달걀장수 노친네도 한동안은 대문을 두드렸는데 매번 일없다는 말에 이젠 발걸음을 그쳤지요.

바람이 매운 어느 날, 외할머니가 준 홍옥을 두툼한 저고리 앞자락으로 싹싹 광을 내 한입 베어 물고 있는데 큰외삼촌이 웬 짐 꾸러미를 들고 오셨어요. 작은외삼촌은 귀띔을 들었는지 안채에서 바느질하던 어머니를 사랑으로 부르고 우린 모두 모였지요.

작은외삼촌은 꾸러미를 열어 바스락거리는 편지를 꺼냈어요. 아저씨가 나한테 그림을 보낸다며 '옥희'라는 그림 이름이 똑똑히 적혀 있었어요.

"외삼촌! 그림 이름이 내 이름이래" 하고 얼른 그림을 보자고 성화를 댔지요. 작은외삼촌은 방그레 웃으며

"옥희는 좋겠네. 이제 커단 처녀가 돼서 넉넉히 그림 모델도 되고" 하고 그림을 덮은 하얀 광목을 스스륵 벗겨냈지요.

아저씨가 지어준 이름처럼 그림 속에는 날 꼭 빼 닮은 계집아이가 뜰에 앉아 있었어요. 지난봄에 외할머니가 주신 예쁜 머리핀에 어머니가 새로 지어주신 노란 옷을 입고 눈새가 훤한 모습이 저번에 아저씨가 갱지에 숯막대로 그려내던 그대로였어요. 특히나 쏙 마음에 들었던 것은 곱게 꽃물 들인 손가락이었지요. 꽃물 들이느라 애써 여러 밤을 혼자 보낸 보람이 있었어요. 눈매가 너무 진한 얼굴이 좀 걸리긴 했지만 그

래도 난 참말로 기분이 좋아 큰외삼촌 무릎에 앉아 한껏 어깨를 으쓱대며 그림을 보았답니다. 난 유치원 동무들한테 뽐낼 생각에 기분은 날아갈 듯했어요. 동무들을 집에 데려와 버룩버룩하면서 실컷 자랑을 할 거예요. 작은외삼촌이

"옥희야 그림 어데 걸까?" 하는 말에 "외삼춘, 매시 곁에 두고 싶으니까 우리 방에 걸 거예요" 하고 답했지요. 어머니는 머뭇하다가 안채에 어데 자리가 있냐고 말리셨지만, 작은외삼촌은 이제는 쓰지 않는 오래된 장롱을 슬쩍 옆으로 밀고 그 자리에 조심스레 못질을 한 다음 그림을 걸어주셨어요.

그날 밤이었어요. 엄마는 사탕 껍질을 벗겨 내 입에 넣어주었어요. 난 어머니 품에 안기며

"엄마도 한 알 먹지" 하니 "옥희가 배부르면 엄마도 배부르고 옥희가 좋다고 하면 엄마도 뭐든 좋아" 하며 숨이 가쁠 정도로 날 꼭 껴안지 뭐예요.

"애구 난 사탕도 좋지만 좋아하는 다른 것도 있을 걸" 하고 푸념을 하자 "알지, 알고말고. 낼은 옥희가

좋아하는 달걀이나 한 꾸러미 사댄" 하는 게 아니겠어요.

난 참말로 기뻐서 어머니 품에서 벗어나 아저씨가 보내준 그림 앞에서 폴짝폴짝 뛰었지요. 어머니는 그런 날 한참 보다가 낮에 슬쩍 구석으로 밀려난 장롱을 만져보더라고요. 그러거나 말거나 난 슬며시 아저씨의 편지를 다시 꺼내 보았지요.

'옥희야, 잘 지냈니? 똑똑한 네 얼굴이 보고 싶고나' 하고 시작된 아저씨의 편지는 '그날 기차에서 달걀 잘 먹으며 갔지. 달걀이 여스 알이나 돼서 내내 먹었단다. 답례로 그림을 보내마. 옥희야, 답장 기다리마' 하고 끝을 맺지요.

난 어머니가 들을세라, 인형 귀에 대고 조그맣게 속삭였어요.

"아저씨는 참 이상도 하지, 그림은 내 얼굴 그려주기로 약속한 건데 어찌 달걀 여스 알에 대한 답례라고 한 걸까. 애구 혹시 아저씨도 달걀을 더 얻어먹고 싶어서 그러는 건 아닐까. 세상에서 제일 고운 우리 엄마는 참말로 달걀도 맛나게 삶으니까 말이야."

　뜰을 내다보니 은빛 보름달이 껍질 벗긴 달걀마냥 토실하게 떠 있었어요. 그리고 그 사이로 먼 데서부터 날아온 별따 하나가 사뿟이 떨어집니다. 난 꼭 나만큼이나 꽃물이 남아 있는 어머니의 손을 슬며시 잡아 봅니다. 몸이 꽤나 으스스한 게 꼭 첫서리가 내릴 것 같은 밤이었지요.

어른중개사

신혜진

어지럽게 꼬인 줄을 공들여 푼다. 리시버를 귀에 꽂기 전에 R과 L 사이에서 잠시 고민한다. 어릴 때 수연은 신발 왼쪽, 오른쪽을 자주 헷갈렸다. L은 Light, 빛이고 바른 쪽이지. 오른쪽 귀에 L을 낀다.

다운 받은 동영상 목록에서 〈스님의 사이다〉를 고른다. 세인들의 고민 상담에 스님이 속 시원한 대답을 해주는 강연 녹화본이다. 가끔 욕설까지 곁들여가며 중생의 가려운 곳을 긁어주는 스님은 정말이지 살아 있는 탄산이다. 재생 버튼을 누른 후 스마트폰을 앞치마 주머니에 집어넣었다. 영상까지 볼 수 있으면 좋으련만 일하면서 귀에 뭐 꽂고 있는 걸 사장이 보면 또 한소리 듣지 싶다.

뿌리까지 씻은 대파를 뚝뚝 분질러 육수 솥에 넣는다. 육수는 하루 종일 끓이지만 이따금 다시거리가 뭉그러지지 않았는지 살펴야 한다. 다시마와 디포리를 우려낸 육수는 전골이나 찌개류의 감칠맛을 내게 될 것이다. 깐 양파를 개수대에 우르르 쏟아 붓고는 수도꼭지를 튼다. 마침 스님이 비가 많이 오고 있다는 말씀을 하신다. '시어머니가 너무너무 미워요' 편을 녹화할 때 비가 왔나 보다.

폭우가 쏟아져서 온 세상이 물바다가 되는 것 같아도 비행기를 타고 구름 위에 올라가 보면 찬란하게 태양이 빛나지 않습니까. 홍수가 나서 땅에 있는 사람들은 지구 종말이 온 듯이 난리를 치고 아우성이지만 비행기에 있는 사람에게는 아무 일도 없는 거예요.

씻은 양파 몇 개를 육수 솥에 던져 넣고, 꽂게 자루를 꺼낸다. 활게 손질은 까다로운 작업이다. 너무 살살 다루면 게딱지에 붙은 이물질이 씻겨나가지 않고, 지나치게 힘을 주어도 자칫 다리가 떨어져나가 상품 가치가 없어지게 된다. 집중하지 않으면 집게에 손가락을 물리기 십상이다. 아직 손님들이 밀려들 시각은 아니지만 손이 바쁘다. 아이 학교에 들렀다가 병원 시각에 맞추려면 서둘러야 한다. 시어머니가 병원 가는 날 엉뚱한 곳에 갔다는 사실을 안 다음부터 무슨 일이 있어도 아이 치료만큼은 수연이 직접 다니기로 했다. 시어머니는 의사 대신 교회의 안찰 집사라는 여자에게 아이를 데려간 듯했다. 아이 목에 멍이 든 채 온 날 수연은 시어머니에게 한 번만 더 교회에 데려가면 아동학대로 신고하겠다고 고래고래 소리를 질렀다. 아침부터 늦은 밤까지 하루 열세 시간 동안 일하면서 번 돈은 고스란히 아이 치료비와 생활비로 들어가는데도 자꾸 빚이 늘었다. 허리가 끊어지는 듯 아파도 어쩔 수 없다고 생각했다. 수연은 세 식구의 가장이었다.

옛날부터 홀어머니가 키운 외아들에게는 시집가지 말라는 말이 있지요? 남자 하나를 두고 여자 둘이서

싸우는 겁니다. 아들은 성인이 되면 가정에 충실해야죠. 그게 자연의 이치이지요. 시어머니도 어쩔 수 없는 거예요. 그렇게 하고 싶어서 그러는 게 아니라 마음이 그렇게 돌아가는 거예요.

스님은 며느리 마음도 잘 알고, 시어머니 마음도 참 잘 아신다. 수학처럼 정확하게 마음을 계산해준다. 어떤 것은 망상이고 어떤 행동은 집착에서 나온다. 아집을 버리면 이 세상에 문제될 게 아무것도 없다. 마치 음식이 나오고 나면 갑자기 고요해지는 식탁처럼…. 일단 음식이 서빙되기 시작하면 대부분은 말이 없어진다. '시어머니가 너무너무 미워서' 괜스레 남편과 애먼 메뉴를 가지고 다투던 며느리도 입을 다물게 된다. 특히 게찜이나 대하구이 같은 요리라면 더 말할 것이 없다. 가위, 손가락과 젓가락 한 짝이 종합적으로 동원되어 일사불란하게 분주해진다. 가족 단위 손님들의 상에서는 부지런히 발라내진 살이 상에 앉은 미성년자의 입으로 먼저 들어간다. 누구도 시어머니 먼저, 같은 토를 달지 않는다. 아무튼 몇 분 안에 달그락거리는 소음 외에 사람의 말소리는 가라앉는다. 수연은 식당에서 일하는 걸 싫어하지만 사람들이 먹는 일에 집중하는 아주 잠깐의 침묵이 좋다.

음식을 다 먹고 포만감이 들면 평화는 마치 영원히 계속될 것처럼 꽤나 단단하게 느껴진다. 수연네 가족도 그랬다. 새 아파트에 입주하게 되면서 수연은 시어머니로부터 분가하려고 무던히 애썼다. 시어머니를 모시고 살아서 청약 가점이 상당히 높았다는 건 인정하지만 가족이라고 하기에는 하나부터 열까지 맞는 게 너무 없었다. 어머니야, 나야? 둘 중 한 사람만 골라. 비장한 말투로 독촉하는 수연 앞에서 남편은 어머니를 발음했다.

한 남자를 두고 경쟁하던 두 여자 사이에서 남자가 빠져나가자 싸움은 잠시 소강상태로 접어들었다. 급성 심근경색이었다. 한동안 아무것도 할 수 없이 망연자실한 수연에게 시어머니는 남편 잡아먹은 년이라고 막말을 했다. 무언가를 잡아먹고 한동안 고요했다. 그들에게 아들도 되고 손자도 되는 또 다른 남자가 있다는 사실을 깨닫는 데까지 그리 오래 걸리지 않았다.

망상이 망상이라는 사실을 아는 게 중요합니다. 지옥을 만드는 방법은 아주 간단해요. 가까이에 있는 사람을 미워하면 됩니다. 미워하는 마음의 근원은 집착이고 아집이지요. 이걸 끊어내면 평화가 옵니다.

아이가 두툼한 혀를 쭉 빼 아랫입술을 적셨다. 통통한 손가락을 입술에 가져가 아래위로 치면서 푸르르~ 하고 터는 소리를 내더니 다시 한번 혀를 빼물고 침을 묻혔다. 잘 때 보면 입술과 턱 주변이 침 때문에 붉게 터서 연고를 발라주어도 그때뿐이었다. 단순한 버릇인 줄 알고 주의만 주었는데 학교에서 연락이 왔다.

입학식 이후 학교에 처음으로 불려간 날 거친 인상의 남자 담임은 여러 가지 극단적인 진단을 내렸다. 과도하게 팔을 저어가며 말해서 어쩐지 폭력적인 느낌을 주는 담임이 수연은 마음에 들지 않았다. 1학년

　　　　　　　　　　　　　　　　　인생손님

담임으로 중년 남성을 배정한 것도 이상했다.

지수가 말을 전혀 하지 않습니다. 발설은 안 하면서 자꾸 침만 튀기니까 다른 애들이 조금 따돌리기도 하고요. 아 심하게 왕따시키고 그런 건 절대 아니고요. 아무튼 애를 특수학교에 보내야 할 것 같습니다. 담임은 전학을 권유했다. 목을 늘어뜨리고 앉아 있던 아이가 수연의 눈치를 살피며 기어들어가는 목소리로, 딴 학교 싫어, 딱 세 마디를 발설했다. 담임의 표현을 빌리자면 '발설'이었다. 너 이 자식, 말할 줄 아는구나! 그가 두툼한 손바닥으로 아이 등짝을 갈기고는 아차 싶었는지 어색하게 웃었다. 그리고 아이를 병원에 데리고 가보라고 조언했다. 아무려나 평소 아이를 제대로 관찰하기 어려웠으므로 그의 말을 무시할 수 없었다. 아이의 증상은 투렛증후군이라는 진단을 받았다. 복합성 틱이라고 했다.

살이 찌면 혀도 뚱뚱해져? 푸르~ 입안이 비좁아. 병원으로 가는 버스 안에서 아이가 물었다. 몰라. 돌연한 질문을 자주 하는 아이였다. 엄마, 아야와스카라고 들어봤어? 푸르~ 엄마는 셰프니까 많은 것을 먹어봐야 돼. 수연 앞에서 당혹스러울 만큼 수다스러운 아이가 밖에서는 입을 꾹 다물고 있는 이유를 알 수 없었다. 몰라. 수연이 차창 밖을 바라보며 건성으로 대답했다. 평일 낮시간 버스 전용차로인데도 이상하게 차가 밀렸다. 수연의 대답은 대개의 경우, 몰라 아니면 왜? 였다. 같은 대답일지라도 시큰둥한 반응인지 정말 몰라서 하는 말인지 아이는 기막히게 알아채곤 했다. 느릿느릿 버스가 움직이기 시작했다.

어! 박옥희 권사님이다! 아이가 차창 밖을 가리키며 외쳤다. 아이는 제 할머니가 교회에서 불리는 이름이 재밌었는지 이따금 할머니 대신에 박옥희 권사님이라고 부르곤 했다. 아이도 제 아빠처럼 수연보다는 박옥희 권사님을 더 밝혔다. 서운한 노릇이었다. 할머니와 함께하는 물리적인 시간이 긴 탓이라고 수연은 애써 자위했다.

저기! 저기! 할머니, 할머니잖아. 문구점 앞 화단 위에 올라선 사람이 수연의 시야에 들어왔다. 과연 시어머니였다. 시어머니는 남의 화단에서 분홍색 장미를 뽑고 있었다. 수연은 재빨리 시선을 돌렸다.

엄마 아야와스카도 먹어봤어? 몰라. 그게 뭐야? 괴상해, 이름이. 화단에 올라선 시어머니의 잔상을 지우려고 애쓰는 수연에게 아이가 아야와스카라는 아마존 열대 환각식물에 대한 설명을 장황하게 늘어놓았다. 아이 말에 의하면 아야와스카를 하러 전 세계에서 아마존으로 사람들이 찾아간다는 것이었다. 무당이 아야와스카 잎을 물에 끓이면 끔찍한 맛이 나는 갈색 차가 우러나온다. 사람들은 이걸 마신 후 토하고 설사하고 기분이 엄청 나빠진다. 이윽고 식물이 인간의 생각을 지배하며, 혀가 없고 지혜로우며 거대한 보아 뱀이 나타나 사람을 등에 태우고 환상의 세계로 인도한다. 효과를 제대로 본다면 자신이 궁금해 하던 해답을 환상으로 만나게 된다. 맛은 끔찍하고 환상은 고통스럽다.

엄마, 엄마, 아야와스카는 한번 푸르~ 해보면 다시는 하고 싶지 않대. 푸르르~ 너무 고통스럽대. 내면의

해답을 봐야 한다면 끔찍한 맛을 떠나 고통스러울 수밖에 없으리라고 수연은 생각했다. 아이는 어째서 저런 이상한 이름을 외우고 다니는 것일까. 수연은 아이가 엉뚱하다고 생각하는 동시에, 특수학교 같은 소리 하고 앉아 있네, 라고 조그맣게 뇌까렸다.

지어낸 이야기 같은 나날이었다. 하나를 얻으면 반드시 두 개를 잃어버리는 적자의 시간들…. 샤워를 하다가 귀고리 한 짝을 잃어버린 수연이 수도꼭지를 잠갔다. 새끼손톱만 한 장신구를 잃어버린 걸 마치 온 세상을 잃기라도 한 것처럼 망연자실 화장실 바닥에서 일어나지 못했다. 일을 열심히 했으나 피곤과 빚만 불었다고 생각하자 그만 울고 싶은 심정이 되었다.

귓불에서 피가 방울져 떨어졌다. 피는 잉크처럼 번져나갔다. 아이가 어릴 때 그렇게 분홍빛, 분홍빛 노래를 했었는데…. 사내 녀석이 발그스레하게 분홍색으로 뜨겁지도 차갑지도 않게 늘 엄마를 사랑하고 있다는 것이 느껴졌다.

반면 시어머니가 훔쳐다가 베란다 화분에 심어놓은 분홍색 장미는 음습하고 깊으며 몹시 어두운 목소리였다. 귀고리를 삼켜버린 하수도 구멍처럼 냄새나는 사람…. 모두가 보라고 심어놓은 꽃을 아무 거리낌 없이 뽑아올 수 있는 시어머니가 혐오스러웠다. 시어머니가 틀어놓은 극동방송의 설교들은 저주인지 축복인지 알 수 없는 내용이었다. 그럴수록 수연은 〈스님의 사이다〉를 열심히 들었고 한 달에 딱 두 번 쉬는 날이면 절에 가서 끝없이 절을 올렸다.

아이 때문에라도 도저히 이렇게는 살 수 없다고 생각했다. 스님께 고민을 털어놓고 오체투지로 백팔 배를 하고 나면 마음이 수학 문제처럼 풀리려나 싶었다. 쉬는 날, 수연은 아이를 데리고 절에 가겠다고 시어머니에게 말했다. 절에 가는지 남자를 만나러 가는지 어찌 아누? 남편 잡아먹은 년이 또 어떤 놈을 잡아먹으려고….

모르는 사람이 보면 단란한 나들이 풍경처럼 보이겠지만 수연의 마음은 몹시 무거웠다. 굳이 따라나서는 시어머니를 말리지 못했다. 다른 남자 만나서 도망이라도 갈까 봐 감시하려는 것일 뿐, 어차피 시어머니는 대웅전은커녕 사천왕상도 지나치려 하지 않을 게 분명했다. 온 세상 다른 종교는 시어머니에게 모두 우상숭배일 뿐이었다.

가람 앞 연못은 막 피기 시작한 연꽃으로 싱그러웠다. 아이는 신이 나서 진작부터 할머니 손도 뿌리치고 팔랑팔랑 뛰어놀았다. 스님께 차담이라도 청하려던 작정은 접었지만 수연은 옷매무새를 단정히 하고 법당에 들었다.

두 팔, 두 무릎과 이마를 마루에 닿도록 깊이 엎드린 후 양손에 마음을 얹어 위로 들어 올린다. 절을 올릴 때마다 마음속 집착과 망상과 아집을 부수어달라고 간절하게 기원한다. 한 절 또 한 절… 어느새 가슴골로 땀방울이 흐르기 시작했다. 수연의 두 눈에 눈물이 고이려는 찰나, 바깥이 소란스럽다. 오지수 어머니, 계십니까? 다급한 부름에 뒤를 돌아보니 스님 한 분이 댓돌에서 두리번거리고 있었다. 제가 오지수 엄만데요.

애기가 연못에 빠졌는데 할머니가 겨우 건졌어요.

수연의 가슴이 두방망이질 치기 시작했다. 돌계단을 내려오고 탑을 지나고 불이문과 험상궂은 표정으로 내려다보는 사천왕상을 지나쳐 일주문까지 뛰는 동안 수연은 자신이 맨발이라는 것도 깨닫지 못했다. 먼 데서 시어머니의 음성이 들렸다.

아이고 내 새끼, 할미는 지수 하나뿐이야. 세상 다른 건 다 소용없어. 우리 지수 하나뿐 그만이야. 그렇지 내 새끼.

기차간 변사사건 관련 진술서

정한아

박옥희의 외삼촌 천덕구의 진술서

나는 금년 열다섯 살 된 중학생 천덕구입니다. 나는 박옥희의 작은외삼촌이고 천명희의 남동생입니다. 그리고 아무래도 이 집에서 멀쩡한 것은 나뿐이지 싶습니다. 다른 순사분이 옥희의 진술서를 읽어주셨습니다. 아주 순진하게 썼더군요, 마는 고 앙큼한 것은 눈치가 백단이란 말입니다. 옥희는 사람들이 뭘 원하는지 알아요. 물론 어린 계집애 말을 다 믿으시는 건 아니시겠지요? 저를 왜 부르셨는지는 모르겠지만 뭘

속이거나 할 생각은 없습니다. 아는 바에 관해서는 모두 숨김없이 이야기하겠습니다.

　사랑채서 지내던 그치가 왜 기찻간에서 죽은 채 발견되었는지는 모르겠습니다만 저랑 한 방을 썼던 것은 사실입니다. 하지만 저는 그치가 누이랑 사랑놀음 하느라 편지를 쓰네, 시를 쓰네, 등잔불 밑에서 노상 끙끙거리고 급기야 제 조카에게까지 치근덕거리는 꼴을 보기 싫었고, 게다가 그치의 코골이가 몹시 심해서 대개 한동네 사는 급우의 방에서 함께 자곤 했습니다. 하여간 대처 나가서 먹물깨나 먹었다는 놈들은 왜들 그렇게 하나같이 위선적인지 모르겠습니다. 우리 형님이나 경선이 형님(죽은 매형 말입니다)만 해도 그래요. 아버지 돌아가시고 어머님이 남은 재산 까먹어가며 기둥뿌리 뽑아서 큰 도시에 대학 보내줬더니 방학 때마다 형님은 제 앞가림할 궁리는 안 하고 경선이 형님이며 그치를 끌고 와 엄마가 차려오는 밥을 축내면서 날 저물면 밤늦도록 내지 사정이 어떻고 만주국 사정이 어떻고 세계적인 정의감을 자랑하다가 종내는 누이 얼굴이 뽀얗네, 아니다, 경선이 동생이 더 예쁘더라, 즈이들끼리 상중하를 매기고 해서 정말 역겨웠습니다.

정말이지 이 집에서 멀쩡한 것은 나뿐인 것 같습니다. 암만 제 누이가 청상과부가 됐다기로서니 죽은 남편 친구를, 누이 첫사랑인 걸 뻔히 알면서 재가 상대로 점찍은 형님을 생각하면 도무지 이해가 안 갑니다. 경선이 형님이 형님 시켜서 누이 심중을 떠볼 때만 해도, 저는 누이가 경선이 형님하고 혼인할 줄은 몰랐습니다. 누이는 사랑채 그치를 더 좋아했었거든요, 흐흥. 경선이 형님은 몇 번인가 방학이 지나더니 누이랑 혼인하고서 우리 옆집에 들어왔습니다. 나는 아버지가 유치원도 가기 전에 돌아가셔서 형님을 아버지처럼 따랐던 터라 경선이 형님이 누이랑 결혼해 우리 옆집에 들어온다는 소리를 들었을 때만 해도 참 다행이다 싶었습니다. 형님은 학교 졸업하고 대처로 나간다고 오가느라 정신이 없고, 집에 이제 사내라고는 나밖에 남지 않은 차에 오래 본 형님 친구가 매형이 되어 옆집에 들어온다니 마음이 한편 든든했던 것입니다.

　매형은 누이를 오래 짝사랑하다 형님을 통해 누이도 싫어하지 않는단 얘길 듣고 몹시 기뻐하며 혼사를 빨리도 진행시켰더랬습니다. 그때 함잡이로 따라왔던 그치를 나는 기억하고 있습니다. 흐흥, 물론 축하해주었지요. 우리 형님과 경선이 형님과 그치는 가장 친한 동무들이었으니까요. 집안 전체가 어찌나 들떴었는지, 어머니는 돌아가신 아버지 네 혼사 봤으면 얼마나 좋았겠니, 연지곤지 찍은 누이 보고 손수건을 적시고, 동리 사람들은 어머니 복도 많아 저리 훤칠한 사위 맞았다고 닭 잡는 것도 도와주고 했습니다. 그랬던 어머니가, 암만 매형 돌아간 지 여러 해 지났기로서니, 모르는 사람도 아니고 사랑채 그치에게 방을 내주라고 했을 때는 모르는 사람보다야 아는 사람에게 누이가 재가했으면 좋겠다는 바람 같은 것도 은근 있

　　　　　　　　　인생손님

었겠지요. 덕구야, 네가 그 방서 함께 지냄서 오며가며 심부름이나 좀 하구, 라고 얘기하실 때 전 정말 실소가 터져나오더군요. 온가족이 누이의 재가를 바라고 있었던 겁니다. 저는 결국 방을 뺏기고 우리 집 식구들은 누이 재가시키기 계획에 돌입했습니다.

뭐, 괜찮습니다. 좋은 게 좋은 거니까요. 들어온단 사람도 좋다 하고 들어오라는 사람도 좋아하면 된 거지요. 하지만 우리 집에서 가장 이상한 것은 바로 제 누이입니다, 흐흥. 이 집에 제정신인 사람은 저 말고는 없어요. 다들 점잖은 체하고 예배당도 다니고 하지만, 조선 사람을 서양 신이 구원해준다는 얘기도 웃기거니와 천국 따위가 있을까요? 매형은 천국에 갔을까요? 옥희가 얘기한 동구 밖 초가집 말입니다, 그게 매형이 누이 모녀 먹고 살라고 남겨놓고 간 거라고, 흐흥, 말도 안 되는 소리! 매형은 거기 몰래 땅 사놓고 닭국 파는 여자랑 살림을 차렸단 말입니다. 혼인하기 전부터요! 믿어지세요? 매형이 왜 하필 이 동리로 우연히 부임을 왔을까요? 그 사실을 알았을 때 저의 배신감이란 정말 이루 말할 수 없었지요. 아버지나 마찬가지인 매형이, 두 집 살림을 하고 있다니! 더군다나, 그 사실을 알고 나니 매형이 순수한 마음으로 누이와 혼인을 한 것인지 의심이 가더군요. 그래, 매형 죽고 나니깐 그 닭국 파는 여자가 찾아와서 그 땅은 자기 거라고 주장하는 통에 누이는 그럼 안 쫓아낼 테니 거기서 나오는 곡식일랑 좀 나누어달라고, 흐흥, 천사 같지요. 참 천사 같아요. 매형이 갑자기 죽은 것만 빼면 말입니다.

누이는 말입니다, 자기가 뭘 원하는지 몰라서 주변 모든 사람들을 괴롭히는 참 희한한 재주를 가진 사람입니다. 이래도 흥, 저래도 흥, 경선이 형님과 혼인할 테냐 했더니, 발간 얼굴로 형님 얼굴과 어머니 얼굴을 한 차례 훑어보고는 고개를 끄덕였단 말입니다. 사람들은 그게 누이가 조신해서 그렇다고 생각하겠지만, 천만에요, 누이는 사람들이 자기에게 바라는 것을 하면 사람들이 언제까지나 저를 사랑해줄 거라고 믿는 사람입니다. 그게 무슨 문제냐구요? 흐흥, 그렇게 되면 무슨 짓을 해도 자기 잘못이 아니게 되거든요. 사랑채에 제 소싯적 첫사랑이 들어온다는 것을 번히 알고도 그러시라고 해놓고 내외해가며 나나 옥희한테나 시켜 호의를 주고받는 건 그렇다 치고, 그러면서 또 한편으론 죽은 매형 사진을 꺼냈다 넣었다 하지를 않나, 안 치던 풍금을 6년 만에 밤늦게까지 괴괴하게 치고 있으면 그게 무슨 뜻인지 동리가 모를 리가 있겠는가 말입니다.

풍금 얘기가 나와서 말인데, 저번 보름인가에는 제가 우리 집에서 백 보 넘게 떨어진 급우의 방에 있는데도 누이가 치는 풍금 소리가 들리더란 말입니다. 듣자마자 알았습니다. 그치 들으라고 치는 거구나. 누이는 고독에 몸부림치고 있구나, 하고 말이지요. 그저 장지문 열고 들어가 한 마디만 하면 되는데 왜 저리 온갖 간지러운 짓들을 하는 것인가? 그리고 말이야 바른 말이지, 혼인해서 살았던 세월이라 해봤자 겨우 1년 남짓인데 얼굴 가득 쓸쓸한 빛을 띠고 툭하면 옥희 붙들고 앉아 끅끅 울어대는 것 보고 있으면 이제 그만 그 청승이며 위선일랑 집어치우라고 하고 싶었습니다. 누이와 그치가 좋아한다는 걸 동리 사람들은 다 알고 있었어요. 달걀 장수가 집집마다 달걀을 팔러 가서 무슨 이야기를 했는지 물어보세요. 그 달걀 장수는 동구 밖 닭국 집서 알을 떼다 판단 말입니다.

아니요, 저는 죄를 지어서 도망치려던 게 아니고 제가 진실을 말할까 두려워 순간적으로 당황했을 뿐입니다. 전 거짓말이라면 딱 질색이거든요. 그저께 순사가 들이닥쳐 사랑서 하숙하던 그치에 대해 이말 저말을 물어보기에 나는 그치가 또 기찻간서 점잔 빼고 앉았다가 방귀라도 뀐 것을 들켰는가 했습니다, 흐흥. 그러다 기차에서 죽은 채 발견되었다기에 대충 일이 어떻게 돌아가고 있는 것인지를 알았지요.

인생손님

누이는 무서운 여자예요. 예쁘고 무서운 여자지요. 난 조그만 어린 딸을 데리고 세상에서 가장 불쌍하고 아름다운 용모로 사람들 앞에서 부끄럼 많은 얼굴로 평생 수절할 것 같이 사뿐사뿐 걸어다니는 누이가 세상에서 가장 무서워요. 매형도 삶은 달걀을 먹다 죽었다고 내가 말했었나요?

박옥희의 모 천명회의 진술서

저는 금년 스물네 살 된 천명회입니다. 천덕구의 손위 누이이고 박옥희의 어미 됩니다. 옥희는 사랑채 선생님이 돌아가신 것을 아직 모르고 있으니 부디 너무 많이 사정을 말씀하시지는 말아주십시오…

네, 사랑채 선생님을 전부터 알았다는 것은 사실입니다. 사랑채 선생님은 제 오라비와 고인이 된 제 지아비와 대학 친구였습니다. 오라비는 방학이면 집에 내려와 둘이나 셋이서 며칠씩 함께 머물곤 했어요. 그렇다고 제가 오라버니와 친구들과 스스럼없이 어울릴 정도로 쾌활한 성격은 아니었기 때문에 그저 밥상을 가져가거나 내오거나 할 때 말고는 자주 마주친 적은 없습니다. 덕구가 한 얘기는 사실이 아닙니다. 오라버니가 저를 재가시키려고 사랑채 선생님을 일부러 저희 집에 들이다니요…. 오히려 어릴 때부터 봐온 사이라 사랑채 선생님 하숙하기에도 덜 불편하고 저도 살림에 보탬이 되리라 생각해서 신경써주신 겁니다. 좀 오랜만에 봬서… 그리고 옥희 아빠 돌아가시고 나서는 처음이라…. 저는 낯을 좀 많이 가려서….

안 그랬으면 좋겠다고 생각합니다만, 사내들 앞에서 숫기가 없는 것은 오래된 저의 성벽입니다. 어머님이 늘 오랍 친구들 올 때에는 이쁘게 하고 있으라고 해서 더 그랬던 것 같기도 하구요…. 어머니는 아버지 돌아가신 뒤로는 믿을 건 네 오라비뿐이라고, 네 오랍 때문에 산다, 내가, 그런 말씀을 자주 하셨는데… 너도 네 오랍처럼 똑똑하고 번듯한 사람한테 시집가야 고생 덜 하고 산다고, 어차피 여자 팔자 뒤웅박 팔자라고…. 그런 말을 들을 때마다 어쩐지 너무나 화가 나고 부끄러워서 어딘가 도망치고 싶었지만, 저는 제가 너무 숫기가 없어 그러려니… 하고 생각했습니다. 그러고는 점점 더 숫기가 없어졌어요….

오라버니와 친구들이 와 있을 때는 오라비가 학교가 있는 동안 방을 쓰던 덕구가 방을 빼앗기고는 어머님과 제가 함께 쓰는 방에 와 지내고는 했습니다. 덕구는 늦둥이라 어머니보다 누이인 저와 더 많은 시간을 보내고 저를 많이 따랐어요. 어릴 때 덕구는 내성적이기는 했어도 참 귀엽고 순한 아이였거든요…. 아버지 돌아가신 후로 어머니는 대학 다니는 오라버니 뒷바라지하느라 동네 바느질을 맡아 하셨고, 저도 소학교나마 다니느라 학비가 들었기 때문에 방과 후에는 일을 도와드리곤 했는데… 덕구는 늘 그 곁에서 딱지를 만들어 놓고 그랬습니다. 그랬는데….

제가 혼인하게 되었을 때 너무나 섭섭해서 옥희 아부지가 오빠 없는 동안 우리 집 가장 노릇하는 셈 치고 덕구와 어머니 곁에서 계속 제가 돌보는 게 어떻겠냐며 친정 바로 옆에 집을 얻었어요. 덕분에 그토록 따르던 어린 동생을 떼어놓고 시집을 가야 해서 불안했던 제 마음이 몹시 안심이 되었습니다. 덕구도 옥희 아부지 무척 따랐었구요…. 늘 좋은 교육자가 되고 싶은 학교 선생님이었으니 꼬마 처남에게 아버지 같은 기분이 들었을지도 모르겠어요…. 근데… 그게 너무 짧았네요….

아, 달걀 장수에게 이제 안 오셔도 된다고 한 건 사실이에요…. 그야 밥값을 내는 사람이 이제는 없으니까… 아니, 돌아가실 걸 알아서가 아니라 그날 방학이 시작되어 선생님 댁으로 돌아갈 테니까요…. 물론 방학 끝날 때 저희 집으로 다시 하숙하러 오지는 마시라고… 전하기는 했어요…. 제가 너무 난처해서요…. 덕구는 맨날 바깥으로만 돌고 집에는 저랑 옥희뿐인데… 일전에 옥희가 선생님과 뒷동산에 갔다가 울고 돌아온 적이 있어서요…. 아무튼 밥값 낼 사람이 없으니 전처럼 달걀을 많이 살 수도 없지요, 뭘… 옥희가 정 먹고 싶다고 할 때 몇 개씩만 사면 되니까요…. 옥희는… 옥희는… 삶은 달걀을 참 좋아하지요…. 어쩜 그렇게 좋아하는지 모르겠어요…. 부잣집 딸내미마냥 비싼 것만 사달라고 하고… 저는… 그… 장미, 정말 사랑채 선생님이 주신 것이 아니라 옥희가 유치원에서 몰래 가져온 거라고 하던가요…?

…그랬군요… 저는 그런 줄도 모르고….

삶은 달걀이라고요? 옥희 아부지가 삶은 달걀을 먹고 돌아가셨다고 했다고요? 덕구가요?

그건 사실이 아니에요. 옥희 아부지는 삶은 달걀을 좋아하시지 않았어요. 목이 메여 싫다고요. 덕구가… 그런 말을 했군요…. 덕구 하는 말은 너무 신경 쓰지

마세요. 덕구는 어릴 적에는 총명하고 소학교에서 곧잘 글짓기 상도 받고 했는데… 어느 날부터 노서아 소설을 너무 많이 읽더니….

…그런데 그 장미, 정말 사랑채 선생님이 주신 게 아니라고 하던가요? 옥희가요…? 유치원 선생님께 확인했나요…? 확실한가요…?

인생손님

연애편지

조해진

아저씨.

북방의 겨울은 어떤가요? 살을 에는 추위라는 표현은 식상한가요. 몸 안의 피가 결빙될 것처럼 춥냐고 묻는다면 혹 웃으실까요. 외삼촌에게 들었어요, 아저씨가 해방 전에 만주로 건너갔고 그곳 조선학교에서 교직생활을 하다가 지금은 가족과 함께 평안도 덕천에 살게 되었다는 소식을요. 외삼촌도 지역만 겨우 알 뿐, 그 정확한 주소는 모른다고 하더군요. 하긴, 2년 전부터 그곳과 이곳 사이에는 절대로 통과할 수 없는 인위적인 국경이 생겼으니 이곳에서 아저씨의 주소는 아무런 쓸모가 없는 기호일 뿐이긴 합니다. 황해도행 편지에 소인이 찍힐 리 없고 그곳까지 편지를 배달해줄 사람도 없으니까요.

지금 저는, 뚜껑을 닫아놓은 엄마의 풍금에 앉아 아마도 영원히 부치지 못할 이 편지를 씁니다.

실은 저도 꽤 오랜만에 이 방에 와본 것이랍니다. 저는 열아홉 살에 서울로 유학을 갔고, 서울에서 결혼과 전쟁을 치렀으니까요. 믿어지세요, 아저씨? 여섯 살의 옥희가 이제 스물여덟 살이 되었다는 것이 말이에요. 아저씨가 알던 시절의 우리 엄마보다 네 살이나 많은 나이죠. 스물네 살의 엄마와 달리 저에게는 아직 딸이 없다는 큰 차이가 있긴 하지만요.

세 계절 만입니다.

세 계절 만에 저는, 고향에 내려와 엄마와 살던 집에서 혼자 겨울을 나고 있어요. 남편과 불화해서는 아닙니다. 저는 다만, 한 사람을 떠나보내는 과정 속에 제 삶의 일부를 온전히 헌납하기 위해 이 선택을 했을 뿐입니다. 미래의 어느 날에도 한 줌의 후회도

하지 않을 만큼 충분히 슬퍼하기 위해, 누군가가 이제 더 이상 슬프지 않느냐고 물었을 때 그 겨울 동안 슬퍼하는 것 이외에는 아무것도 하지 않았으므로 현재는 내가 조절할 수 있는 슬픔만 남아 있다고 대답하기 위해….

아저씨, 엄마는 지난달에, 입동 지나 사흘째 되던 날, 이 집에서 돌아가셨어요. 엄마는 혼자 힘으로 저를 키웠고 그 험한 전쟁에서도 살아남을 만큼 강인했지만 상처를 통해 핏속으로 들어온 병균은 이겨내지 못했습니다. 아시다시피, 지금은 모든 물자가 부족한 전후입니다. 제가 할 수 있는 거라곤 엄마와 함께 병원들을 찾아다닌 것, 전기가 잘 들어오지 않는 어두컴컴한 진료실 밖 복도에서 우리의 접수번호가 불리기를 끝도 없이 기다린 것, 그리고 동네에서 가장 유명한 장의사를 불러 엄마의 고운 몸을 수습한 것, 수습한 엄마를 아버지 곁에 묻어준 것, 이뿐입니다. 엄마는 수술을 받지 못했고 저는 엄마에게 필요한 만큼 약을 구해다주지도 못했죠. 한동안 정신을 차릴 수가 없었어요. 눈에 보이지도 않는, 상처가 생겼을 때 바로 처치했거나 실력 있는 의사에게서 좋은 약을 얻었다면 가볍게 멸균할 수도 있었을 병균 때문에 한 사람이 더 이상 제 곁에 존재하지 않는다는 것이 믿기지 않았습니다. 분하고 비참하고 억울했는데, 어느 날부터인가 그 모든 감정은 슬픔이라는 하나의 감정으로 수렴되더군요. 슬픔은 마치 단단한 다면체의 결정(結晶)처럼 제 몸 구석구석에서 달그락거리는 소리를 내며 굴러다니곤 했습니다.

창고에 방치된 이 풍금을 발견한 건 엊그제였어요. 엄마의 유품을 조금씩 정리하다가 발견한 것이죠. 20년 넘게 방치되었을 풍금은 먼지와 거미줄로 뒤덮여 있었고 모서리는 깨져 있었으며 의자는 삐걱거렸지만 태우거나 버릴 수는 없었어요. 풍금은 다른 어떤 유품보다 엄마를 닮았다는 생각이 들어서였던 것 같습니다. 풍금의 완만한 곡선과 고독한 소리와 고요한 나무의 감각이 모두 엄마 같기만 했죠. 엄마가 타던 풍금 소리를 떠올리며 조심스럽게 풍금 뚜껑을 연 순간, 그리고 뜻밖에도 반듯하게 접힌 편지 한 장이 눈에 들어왔습니다.

그건, 엄마가 돌아가시기 한 달 전에 아저씨에게 쓴 편지였습니다.

* * *

오늘은 아저씨가 묵던 사랑을 청소했어요. 아세요, 아저씨? 여섯 살의 저에게 이 방은 자꾸만 손을 집어넣고 싶은 상자와도 같았다는 것을요. 이 방에선 제가 갖고 싶거나 먹고 싶은 것이 아무렇지도 않게 발견되었고, 아저씨가 읽어주는 책에는 머리가 어지러울 정도로 재미있는 이야기가 가득했죠.

그리고 무엇보다, 이 방에 배어 있던 아버지의 냄새가 저는 좋았습니다. 지금껏 누구에게도 말한 적 없지만, 그것이 제가 이 방을 좋아했던 진짜 이유였어요. 저편에서 아저씨가 고개를 갸웃하는 모습이 보이는 것 같습니다. 맞아요, 제가 태어나기도 전에 돌아가신 그 잘생긴 남자라면 촉감도, 온도도, 체취도 없는 사진으로만 대면한 것이 전부이니 그의 냄새를 기억한다는 건 애초부터 불가능한 일이죠. 하지만 아저씨, 아저씨가 처음 사랑에 짐을 풀었던 그날, 설레는 마음으로 달려와 사랑의 문을 연 순간 제 작은 폐 속으로 차곡차곡 밀려 들어왔던 그 냄새는 분명 아버지의 것이었습니다. 오랫동안 저만의 감각체계 안에서 형성되고 자라고 확고해진 그 냄새를 제가 모를 리가 없죠. 어떻게 표현해야 할까요. 햇빛 속에서 흩어지는 책 먼지의 흐릿한 냄새라고 하면 비슷할까요. 어쩌면 밤이 되기 직전에 대기를 감싸는 따스한 흙냄새에 가까운지도 모르겠어요. 어떤 말로도 완전하게 표현할 수 없는 그 냄새, 다만 편안하면서도 풍요로운 냄새라는 것만을 저는 확신할 수 있을 뿐입니다. 그리고 이제야 저는, 아저씨에게서 아버지의 냄새를 맡은 사람이 저만은 아니었다는 걸 깨닫습니다. 엄마가 부재하는 이 집에서, 한 사람의 소멸을 애도하는 기간에, 이토록 뒤늦게, 저는 스물네 살 엄마의 마음에 가닿고 있는 것입니다.

사랑 청소를 마친 뒤, 저는 그 옛날 아저씨가 쓰던 베개를 베고 누워 잠시 눈을 붙였어요. 꿈을 꾸었습니다. 저는 플랫폼에 서 있었는데, 곧 길고 하얀 연기를 내뿜으며 기차가 다가왔고 그 기차에서는 엄마와 아저씨가 내렸습니다. 여섯 살의 저는 두 분 사이에서 겁먹은 얼굴로 주위를 두리번거렸고요. 세 사람은 이내 무심히 저를 지나쳐 플랫폼을 빠져나갔고 저는 굳어버린 듯 그 자리를 떠나지 못했죠, 꿈에서 완전히 깰 때까지…. 아저씨에게 딸이 있다는 것, 저도 알고 있어요. 몸이 약한 딸을 위해 해방 직후 아내의 고향인 덕천으로 내려와 살았고, 때가 되면 서울로 오려고 시기를 타진하고 있다가 뜻밖에도 전쟁이 발발하면서 아예 그곳에 발이 묶인 거라고요. 전쟁 중에 북에는 폭격이 많았다죠? 수도인 평양뿐 아니라 산간마을까지 구석구석 폭격을 당했다고, 오히려 폭탄이 떨어지지 않은 곳이 드물다고 소문은 가르쳐주었죠. 그래서인지 외삼촌은 아저씨와 아저씨 가족의 생존에 조금은 회의적이었어요. 물론 이곳이라고 해서 목숨이 담보된 것은 아니었을 테지만요.

잠은 다시 오지 않았지만, 저는 좀처럼 몸을 일으킬 수가 없었습니다. 그 옛날 벽장 안에서 까무룩 잠들었다가 어두워져서야 벽장문을 연 순간, 저를 끌어안은 채 울고 웃던 엄마가 기억났습니다. 이제 사랑의 문을 열고 나가면 발을 동동거리며 애타게 저를 찾는 엄마가 아니라 어두운 공허만이 있겠죠. 우리가 죽음에 대해 아는 거라곤 돌이킬 수 없다는 것, 오직 그뿐이니까요.

* * *

아저씨, 오늘은 엄마의 생일이었습니다.

돌이켜보니 저는 엄마의 생일상을 차려준 적이 없더군요. 용돈을 모아 잡동사니에 가까운 선물을 사다가 안겨준 것이 고작이었는데, 서울에 올라온 뒤로는 제 생활을 챙기기도 바빠 그마저도 소홀했죠. 엄마의 외출복을 꺼내 입고 엄마의 구두를 신은 뒤 엄마가 갖고 다니던 양산을 받친 채 장에 가서 음식 재료를 샀습니다. 집으로 돌아와선 쌀밥을 짓고 미역국과 반찬을 만들고 달걀을 삶았죠. 상 위에는 네 사람 몫의 밥과 국, 수저를 놓았어요. 엄마와 아버지, 그리고 아저씨와 제가 둘러앉게 될 상이니까요. 우리는 한 마음으로 엄마의 생일을 축하한 뒤 웃으며 식사를 하면 되니까요.

이 집에서의 마지막 식사입니다.

실은 장에 가기 전에 서울에서 전보가 왔어요. 남편이 내일 아침 저를 데리러 오겠다는 전보였습니다. 빈집에서 벌써 석 달째 혼자 지내고 있는 제가 그는 퍽 난감한 모양이에요. 해가 바뀐 뒤에도 제 애도가 이어지자 그의 인내에도 한계가 온 것이겠지요. 하긴, 얼마 있으면 입춘입니다. 이 세상에는 또 다시 봄이 당도하는 것입니다. 시간은 그렇게 부지런히 흐르면서 이 지상에서 사라진 사람들의 흔적을 지워가겠죠. 그것은 자연의 일이고 인간은 그저 왔다가 가는 지나

가는 배역을 배당받은 존재란 걸 알면서도 아저씨, 저는 엄마가 돌아가신 직후처럼 감당하기 힘든 슬픔에 짓눌리는 듯했어요. 한 계절 내내 슬퍼했지만 슬픔은 아직 소진되지 않은 것입니다. 죽음은 되돌릴 수 없기에 죽음이 지나간 뒤의 슬픔은 매 순간 새롭게 차오르는 것임을, 저는 이 겨울 동안 배운 셈입니다.

잠자리에 들기 전에는 창고로 가서 풍금 뚜껑 안에 엄마의 편지와 함께 제 편지도 넣어둘 거예요. 풍금은 우체통이 아니고 인위적인 국경은 앞으로도 오랫동안 그곳에 있겠지만, 아주 많은 시간이 흐른 뒤 저 역시 자연의 일로 엄마 곁으로 가게 된다면 누군가 우리의 편지를 발견하여 읽어주길, 저는 이제 그 작은 소망을 소중히 보듬으며 살려 합니다. 그 소망이 엄마의 유산이니까요.

아저씨, 저도 엄마처럼 아저씨의 평안을 빌어요.

* * *

인생손님

한 해가 가고 또 한 해가 갑니다. 하루하루는 더디구나, 더디다, 하며 지나가곤 했는데 그 하루가 이렇게나 모여 저는 벌써 마흔 중반이 되었고 여섯 살 처녀애였던 옥희는 이미 출가하여 한 집안의 안주인이 되었답니다. 어디 그뿐인가요? 저는 두 달 전부터 저의 생이 끝나가고 있다는 것도 느끼고 있어요. 내 생의 태엽이 이미 거의 다 풀렸다는 걸 말이에요.

죽음이 먼 일이 아니란 걸 직감하면서부터 선생님이 부쩍 생각났어요. 참 이상하죠, 선생님? 정숙한 여인이라면 당연히 먼저 죽은 남편을 생각해야 하고 제가 30년 넘게 지겹도록 들은 말이 바로 그 정숙인데, 제 나이 열일곱 살에 만나고 결혼한 남편이 아니라 선생님이 더 보고 싶다니요. 선생님에게도 이 농담이 저만큼 재미가 있을까요?

실은 여러 날, 아니 거의 날마다, 남 몰래 가정해보곤 했습니다. 그때 선생님을 따라갔다면 어땠을까. 아무도 모르는 곳에서 선생님과 저, 그리고 옥희와 함께 새롭게 생을 시작했다면 이토록 일찍 병에 들지 않아도 되었을까. 자주 웃을 수 있었을까. 행복을 알게 되었을까. 정숙 따위 몰라도 되는 생이란 퍽이나 근사하지 않았을까.

그러나 선생님, 가정이란 얼마나 허망한가요. 얼마나 기만적인 희망인가요.

허망합니다, 선생님.

허망하고 또 허망한 것, 허망에는 깊이가 없다는 것, 어쩌면 그것이 이 생의 유일한 진실인지도 모르겠어요.

선생님.

예배당에서 저를 얼어붙게 했던 눈빛, 빨래를 주고받을 때 스쳤던 손과 손, 장독대 뒤에서의 입맞춤, 저는 아무것도 잊지 않았습니다. 아니, 잊지 않아서 살 수 있었어요.

죽음 앞에서 저는 오직 이 말만을 하고 싶었습니다.

짧은 그 한 시절이 허망한 나의 생을 호위했고 저를 살게 했다는 것, 그것을 알아주세요. 평안을 빕니다.

인
형
놀
이
의
밤

박규민

간밤에 시인이 약을 먹었어. 맞은편 다방에서 그랬다는데, 시인이 구석 자리에서 무언가를 끄적거리고 있을 때만 해도 아무도 신경을 쓰지 않았대. 요즘 부산에는 밤늦게까지 원고지를 들여다보는 사람이 워낙 널렸으니까. 유서를 쓰고 있었다는 건 나중에 알게 된 거였어. 페노바르비탈을 먹고 30초가 지났다. 아직 아무렇지도 않다…. 이런 식으로. 10분쯤 걸렸다나봐. 시인은 테이블에 풀썩 쓰러졌고, 다방에는 한 박자 늦게 침묵이 퍼져나갔대. 목이 막혀서 꺽꺽대는 소리를 모두가 들을 수 있었던 거야. 그림이 훤히 그려지지 않아? 여자들은 으레 비명을 지르고, 마담은 기가 질려서 뻣뻣하게 서 있는데, 레지들은 설마 저걸 내가 치워야 하는 걸까 싶어서 눈치를 보는 풍경. 그 다방은 지하에 있었어. 누군가가 시체를 쌀 포대처럼 들쳐 메고 계단을 올라야 한다는 뜻이지.

그때 곳곳에 앉아 있던 글쟁이들이 자리에서 일어났대. 약속이나 한 듯이 팔다리를 나누어 들고 계단을 올랐다는 거야. 나는 그 이야기를 듣고 처음에는 조금 우습다고 생각했어. 이 전쟁통에도 죽음에는 익숙해질 수 없다는 게, 그리고 시체를 결국 글쟁이들이 치웠다는 것도 어딘가 앞뒤가 안 맞는 듯해서 말이야. 내 경험에 비춰 보자면 예술가들은 무슨 문제를 해결하기는커녕 문제를 더 만들지 못해서 안달이 난 양반들이었어. 다방 일이 어려운 건 대부분 그들 탓이었지. 가장 골치 아픈 게 원고 마감 때였어. 대개 서울에서 도망쳐온 처지라 집이 없었거든. 신문사 직원은 원고를 받아내기 위해 우리 다방으로 오는데, 글쟁이들은 이미 어디로 다 도망쳤고, 나만 중간에서 고생

하기 일쑤였어. 평소에는 제일 싼 것만 시켜놓고 온종일 죽치고 있다가도 어떻게 그런 날만 허깨비같이 사라지는지. 시인의 시체가 보이지 않게 되자, 맞은편 다방 주인은 그때까지도 멍하니 앉아 담배를 피우던 몇몇 글쟁이들에게 나가달라고 말했대. 원래부터 골칫덩이였는데 자살 소동까지 참아줄 수는 없었겠지.

오늘 아침부터 정신이 없었던 게 이런 이유 때문이었어. 나와 내 동료들은 다방 위층의 다락방에 살아. 밤늦게 일이 끝나면 그대로 계단을 올라가서 널브러졌다가, 아침에 다시 일하러 내려가곤 했지. 그런데 오늘은 제대로 씻을 시간도 없었어. 마담이 우리를 평소보다 이르게 깨웠으니까. 그리고 간밤의 자살 소동에 대해 말하기 시작하더라. 문인들이 맞은편 다방에 발을 못 들이게 되었으니 우리 손님이 늘어날 수밖에 없다고, 안 그래도 오늘 전시회를 열 계획이기도 했으니 이참에 커피값도 올려서 받겠다는 얘기였어. 우리 다방에는 화가들도 많이 오는 편이라 거의 일주일에 한 번은 벽에 그림을 걸어놓곤 했거든. 피난민이 득실

거리는 와중에 물감이며 캔버스는 어디에서들 구하는 건지. 오늘은 유화를 전시한다던데, 화가가 서울에서 도화 선생 노릇을 하다가 내려왔다고 하더라. 같이 일하는 언니들은 그림을 보고 뭐라고 수다도 떨었지만 나는 바쁜 일을 전담하느라 제대로 구경하지도 못했어.

일이 한바탕 마무리된 것은 해가 질 무렵이었어. 마담의 예측은 적중했고, 나는 평소보다 세 배는 많은 손님들 틈에서 온종일 커피를 날랐어. 그림을 걸어놓으니 자리가 꽉 찼는데도 사람들이 계속 들어오는 거야. 도대체 뭐기에 저렇게들 구경하나 궁금할 수밖에 없었지. 자리에 앉아 한숨 돌리고 나서 그림을 감상하기 시작했어. 주방에 가까운 것부터 차례대로 봤는데, 얼핏 보기로는 붓의 굵기에 따라 순서를 정한 것 같았어. 그러니까 처음 본 그림은 온통 굵은 선으로만 이루어져 있어서 뭘 그린 것인지 알아보기도 어려웠지만, 다음 작품으로 넘어갈수록 선이 예리해지면서 마치 시력이 나쁜 사람이 점점 좋은 안경을 쓰듯이 형상이 분명해지는 거야. 어두운 기차간, 어느 동네의 뒷동산과 푸른 들판, 어느 집안의 마당 풍경…. 피곤해서였을까? 나는 아무것도 눈치 채지 못하고 있다가 마지막 그림을 보고 나서야 입을 벌렸어. 한참 들여다봤어. 우연일지도 모르니까. 그 시절에 이런 집이 얼마나 많았겠어. 하지만, 그래도 분명했어. 저건 내가 어릴 적에 살던 집이야. 사랑채에서 본 풍경이었고, 그 안에는 우리 어머니와 나의 모습이 거의 사진처럼 생생하게 그려져 있었어.

"어디 있어요?"

"뭐?"

주변에서 그림에 대해 떠들던 화가들이 나를 쳐다봤어.

"선생님이었다고 했죠?"

그림을 들여다보고 있으니 시야가 흐려졌고, 발음을 똑바로 하기 위해 수차례 침을 삼켜야 했어. 그림에서 어렵게 시선을 떼고 다방을 처음 보는 사람처럼 주위를 둘러보았어. 어쩌면 이 사람들 중의 한 명일지도 몰라. 나는 나를 올려다보고 있는 화가들 얼굴을 하나씩 다 뜯어보았어. 그러나 그중에는 아저씨가 없는 게 분명했어. 아무리 15년이 더 흘렀다지만 아저씨는 나를 저렇게 메마른 눈으로 쳐다보지 않을 테니까. 역시나 화가 한 명이 입을 열었어. 저거 그린 사람을 찾는 거라면 지금 아마 집에 있을 거라고. 나는 그래서 거기가 어디냐고 따져 물었고, 다방 레지가 열내는 걸 처음 보았을 그 화가는 당황한 얼굴로 부둣가 판자촌에 가보라고, 그 친구가 원체 사람 많은 걸 좋아하지 않아서 자기 전시도 구경을 안 오더라고 대답했어. 나는 바로 밖으로 뛰쳐나갔어. 마담이 뒤에서 무슨 일이냐고 물었지만 개의치 않았어. 당장 찾아나서지 않으면 아저씨가 또 멀리 떠나버릴 것 같아서.

너도 기억하겠지? 나는 어릴 적에 어머니에게 곤란한 질문을 참 많이 했던 것 같아. 한번은 사람의 얼굴에 대해 물어본 적이 있었어. 눈이라는 건 이상하다고 말이야. 불공평하다고. 왜냐면 눈은 받아들이기만

하잖아. 사람은 귀로 소리를 듣고 입으로 소리를 낼 수 있는데, 왜 눈으로 본 것들은 기억에 남기만 할까. 답답할 때 고함을 지르듯이 머릿속의 어떤 장면들을 몸 밖으로 끄집어낼 수 있다면 얼마나 좋을까…. 아저씨가 떠난 후, 어머니는 나에게 꼭 배워야 한다고 입버릇처럼 말했어. 보통학교에 입학하면서 도화 시간을 가장 기대했던 게 아직도 기억나. 아저씨가 보여준 그림책처럼 예쁜 걸 그리게 될 줄 알았거든. 하지만 학교 선생은 내선일체 포스터를 그리라고 했고, 그걸로 등수를 매겼으며, 더 그릴 게 없는 날에는 흰 종이에 빨간 점이라도 정성스럽게 찍으라고 시켰지. 그땐 일본이 왜 나쁜지도 몰랐지만, 그런 게 아저씨가 보여준 그림책과 전혀 다르다는 것쯤은 알 수 있었어.

집안 사정을 이해하기까지는 오랜 세월이 필요하지 않았어. 외국에서 공부한 큰외삼촌이 우리 어머니에게는 정절을 강조했다는 것, 어머니가 아저씨를 좋아하는 걸 눈치채고 노발대발했다는 것, 아저씨와 연락이 닿는 사람은 이제 우리 집안에 아무도 없다는 것까지. 어쩌면 나는 어머니 말고는 어떤 가족도 사랑하지 않았기 때문에 아저씨를 잊지 못했는지도 몰라. 더는 어머니에게 질문 세례를 퍼붓지 않을 나이가 되고, 서울로 유학을 떠나고 나서도 나는 아저씨가 작별 인사로 너를 선물했을 때처럼 너에게만 비밀 얘기를 털어놓곤 했잖아. 아저씨의 행방을 알아냈을 때도 마찬가지였어. 학교에서 만난 선생님 한 분이 우리 아버지의 동창이었다고 하더라. 그 사실을 알게 된 후로 간혹 수업이 끝나고 둘이 대화를 나누게 됐어. 그분은 나에게 생전의 아버지에 대한 일화를 꼭 들려주고 싶은 것 같았지. 삼촌들이 그랬던 것처럼. 이상한 일이야. 왜 사람들은 자식이라면 다 부모에 관해 궁금해할 거라고 생각하는지.

그런데 선생님은 의외로 놀라운 사실을 알려주었어. 아버지의 교우 관계에 관해 말하다가 아저씨 얘기가 나왔는데, 아저씨가 얼마 전까지도 서울의 어느 학교에서 그림을 가르쳤다는 거야. 어쩌면 내가 사는 곳 근처에 아저씨가 있을지도 모른다는 말이잖아. 나는

인생손님

아저씨가 지금은 어느 학교에서 일하고 있느냐고 조심스럽게 물어보았고, 선생님은 지금은 생각이 안 난다고, 연락해보고 나중에 알려주겠다고 대답했어. 별로 대단한 일도 아니라는 듯이. 그날 저녁에는 기분이 들뜬 채로 명동 거리를 한참이나 거닐었어. 서울이라는 도시로부터 선물을 받은 기분이었어. 이곳에서는 어떤 기적이든 일어날 수 있을 것 같았지. 그러니까 나는 전쟁에 관한 소식을 믿을 수 없었던 거야. 어떤 사람들은 목에 핏대를 세우고 서울이 함락될 거라고 말했지만, 이렇게 아름다운 곳이 그렇게 쉽게 무너지진 않을 성싶었거든. 이 소식을 어머니에게 깜짝 선물처럼 전하면 분명히 좋아할 거라고 생각했어.

지금 돌이켜보면 얼마나 순진한 계획이었는지. 전쟁은 이 세상을 전혀 낯선 곳으로 바꾸어놓았어. 당장 고향으로 돌아오라는 말이 몇 번 있고 나서 어머니와는 연락이 끊겼고, 선생님의 행방도 알 수 없게 되었어. 피난민 대열에 합류했지만 아는 사람은 전혀 만날 수 없었지. 그건 부산에 도착해서도 마찬가지였어. 그래서 오늘 다방에서 뛰쳐나와 판자촌으로 향하는 동안, 곧 익숙한 얼굴을 보게 될지도 모른다는 생각에 심장이 아플 정도로 뛰었어. 한참이나 인파 속에서 헤맸다. 피난민들은 다들 판잣집에 오래 웅크려 있지 못하고 밤거리를 어슬렁거렸거든. 아저씨는 부둣가에서 담배를 피우고 있었어. 나는 그 모습을 정말 오랫동안 바라봤어. 살이 빠지고 주름이 잡히긴 했어도 예전 인상이 그대로였어. 잘못 볼 리는 없는 거야. 문제는 그다음이었어. 막상 뭘 어떻게 해야 할지 모르겠더라. 그냥 다가가서 오랜만이에요, 인사를 건네면 되는 걸까? 어머니의 행방을 묻는다면 어떻게 대답해야 할까. 내가 서 있는 곳과 아저씨가 있는 곳 사이에 수많은 사람이 오갔고, 나는 그들 너머로 아저씨를 바라보면서도 선뜻 다가가지 못했어.

내가 마침내 움직이기 시작한 건 아저씨가 나를 발견한 순간이었어. 아저씨가 담배꽁초를 바다에 던지고 돌아서는데 눈이 마주친 거야. 아저씨는 금방 시선을 돌렸다가 다시 고개를 갸우뚱하면서 나를 쳐다

인생손님

보았어. 그러고 나서는 눈을 가늘게 떴고, 입이 점점 벌어졌지. 그 모습을 보자마자 나는 뒤돌아 도망치고 말았어. 나에게 쏟아질 질문들이 너무 무서웠던 것 같아. 그냥 실례했다는 말을 남기고 모든 걸 없었던 일로 하고 싶었어. 돌이켜보면 사실 아저씨가 보고 싶은 사람은 내가 아닐 거라는 생각도 들었지. 어머니가 내 곁에 없다는 사실이 그때만큼 강렬하게 느껴진 적이 없었어. 나에게는 자격이 없는 거야. 몸을 숨기기는 어렵지 않았어. 판자촌이 워낙 어두컴컴해서 가까이에 있는 행인들의 얼굴도 분간하기 어려웠어. 나는 남들과 같은 속도로 걸음을 옮기며 발끝만 내려다봤고, 아저씨의 모습은 금세 사라졌지만, 나를 부르는 소리가 귓속으로 파고들기 시작했어. 옥희야, 하는 익숙한 목소리가.

그 후에 있었던 일을 너에게 어떻게 설명해야 좋을까? 아주 머나먼 곳에 심부름을 다녀온 기분이라고 하면 될까? 하지만 그전에 어젯밤에 자살한 시인의 이야기를 마저 해야 할 것 같아. 글쟁이들이 시체를 들고 어디로 갔는지는 말해줘야겠지. 다방에서 쫓겨난 뒤, 그들은 일단 다방이 보이지 않는 곳까지 걸어갔대. 그리고 시체를 길가에 내려놓고 주저앉았어. 한밤중이었고 아무도 입을 열지는 않았지만 이제 무슨 일을 해야 할지는 뻔했어. 피난길에 올라본 사람이라면 주인 없는 시체가 어떤 꼴을 당하는지 잘 알고 있으니까. 그래도 방금까지 살아 있던 동료를 바로 땅에 묻고 싶지는 않아서 시체를 거적때기로 덮어두기만 했는데, 그때 소설가 한 명이 외투 주머니에서 독한 소주 한 병을 꺼냈대. 그리고 이야기를 시작했다는 거야. 슬프지 않은 목소리로, 그 시인이 생전에 했던 농담과 엉뚱한 행동들을 소재로 삼아, 마치 끔찍한 일은 조금도 일어나지 않았다는 것처럼.

그들은 술을 한 모금씩 나누어 마시며 각자 품고 있던 기억들을 털어놓았대. 그러는 사이 해가 떴고, 거리에 사람들이 많아지기 시작할 때에야 다시 시체를 들고 아무도 모르는 곳으로 갔다고 하더라. 이건

순전히 오늘 낮에 다방 손님들에게서 들은 소식이야.
목소리에 아무런 감정이 느껴지지 않아서 그들이 그
일을 직접 겪은 본인들인지, 아니면 그들도 어디에서
듣고 떠드는 건지는 알 수 없었지만, 그게 중요하지는
않은 것 같아. 끔찍한 기억을 더는 남기고 싶지 않다
는 점에서는 모두가 마찬가지니까. 나는 비로소 예술
가들을 조금이나마 이해할 수 있을 것 같았어. 덕분
에 아저씨가 그동안 살아온 내력을 듣고도 공감할 수
있었지. 아저씨는 기차를 타고 어머니를 떠난 다음부
터 누굴 가르치기가 너무 힘들었다고 해. 이것이 옳고
저것은 틀렸다, 그런 말을 더는 하기 싫었던 거야. 그
건 해방을 맞고도 달라지는 게 없었어. 결국 전쟁이
터지기 전부터 자기 그림만 그리다가 여기로 왔다고
하더라.

지금은 부둣가에서 잡일을 하면서 생활을 이어가
고 있대. 그 사랑방 아저씨가 짐짝을 들어 올리는 모
습이 전혀 상상되지 않아서 나는 웃음을 터뜨리고 말
았어. 긴장감이 비로소 풀리는 듯했지. 내 이름을 부

르는 목소리, 그걸 참지 못하고 결국 아저씨에게 뛰어 갔을 때, 나는 아저씨의 팔뚝을 붙잡고 다 내가 잘못 한 거라고 대뜸 말해버렸거든. 우리는 인사도 제대로 못 했지만 참 많은 대화를 나누었어. 아저씨는 내가 어머니를 잃어버렸다는 걸 알고 나서도 이상할 만큼 담담했어. 고개를 들어 하늘을 잠깐 보다가 무언가 결심한 것처럼 나를 보며 미소를 지었지. 찾을 수 있 을 거라고. 이 전쟁도 끝이 날 테고, 누구도 억울하게 죽지 않는 세상이 언젠가 올 거라고. 이상하게 들리겠 지만 나는 그 말을 다 믿어버렸어. 이렇게 잠이 오지 않아서 너에게 이야기를 하는 것도 참 오랜만이지만, 앞으로는 할 말이 많을지도 몰라. 30년쯤 지나면 좋 은 세상이 올까? 그때가 되면 매일 어머니와 달걀을 삶아 먹을 거야. 나이가 들어도 그림책을 볼 거고, 아 저씨와 산책도 다닐 거야. 네가 아무리 낡아도 새 인 형을 사지는 않을게. 그리고, 그리고 또….

인생손님

필자 주) 소설에서 자살한 시인에 관한 부분은 작고하신 전봉래, 정운
삼 시인의 일화에서 모티브를 얻었음을 밝힙니다.

영향의 교환,
상상력의 축제

〈사랑손님과 어머니〉 이어쓰기

정홍수 평론가, 1963년생. 산문집《마음을 걷다》, 평론집《소설의 고독》
《흔들리는 사이 언뜻 보이는 푸른빛》등

주요섭의 단편소설 〈사랑손님과 어머니〉(1935)는 많은 이에게 사랑손님과 어머니 사이에서 사랑의 전령사 역할을 하는 여섯 살 난 일인칭 화자 옥희의 깜찍하고도 의뭉스러운 목소리로 기억되지 싶다. 다시 읽어보아도 상황의 객관적 서술을 옥희의 미숙한 시선에 내맡긴 채 시종 말과 행동의 아이러니한 간극을 감응하게 하는 작가의 솜씨는 섬세하고 탁월하다. 굳이 1930년대라는 시대적 제약을 생각하지 않더라도 유복자를 홀로 키우고 있는 '과부 여성'과 남편의 옛 친구이기도 한 하숙인 손님의 관계가 어떤 행로를 걷게 될지 짐작하기는 어렵지 않다(혹 과격한 일탈이 있다 하더라도 그 역시 드물지 않은 유형일 수 있다). 그럼에도 소설이 시종 긴장과 재미를 잃지 않는 것은 옥희라는 서술 화자의 존재를 성공적으로 구축한 덕분인 듯하다. 스타일의 참신성이 독자를 시종 인간의 미묘한 마음의 영토에 머물게 하며 이야기를 그 자체로 갱신하고 있다. 옥희는 인식의 미숙이라는 차원에서 '신뢰할 수 없는' 화자이되, 아이의 있을 법한 욕망의 자리에서 스스로의 이해의 경계를 종종 넘어서는 가운데 그 '신뢰할 수 없음'을 유연하고 투명하게 활용한다.

또한 이 소설의 보편적 호소력은 다소 성긴 느낌을 준다 싶을 정도로 서사 정보의 생략과 압축이 과감하게 이루어지고 있는 데서도 역설적으로 되짚어볼 수 있다. 인물들의 이북(평안도) 말투를 제외하면 소설이 인물과 서사의 시간적 공간적 배경에 대해 알려주는 정보는 극히 제한적이며 일어나는 사건도 삽화적이다. 인물들의 출현도 아이 옥희의 관심과 동선, 시선에 국한된다. 일반적인 리얼리즘의 기율에서라면 흠이 될 수도 있는 이러한 서사의 구조적 성김이 〈사랑 손님과 어머니〉에서는 상상적 여백의 창출에 기여하며 친밀성의 미묘하고 안타까운 교환이라는 소설의 주제에 집중하게 한다. 가령 "우리 아버지의 본집은 어디 멀리 있는데" "어디 먼 데 가서 공부를 하다가 돌아왔는데" "응, 멀리루 간다" 등에서 반복되는 '먼 곳'은 화자인 아이의 제한된 이해를 반영하는 가운데 옥희 아버지의 죽음처럼 이 소설이 괄호로 친 많은 여백을 상징한다. 하숙 손님과 사랑채를 나누어 쓰는 중학생 작은외삼촌이나 사랑 아저씨의 친구인 큰외삼촌(옥희 아버지의 친구이기도 하다)의 존재도 무언가 더 움직이고 이야기되어야 할 지점이 있는 듯하지만 소설은 무심하다. 소설은 독자를 화자인 옥희와의 계약으로 빠르게 진입시키며 나머지 여백과 틈에 대해서는 관대한 마음을 갖게 한다.

〈사랑손님과 어머니〉의 후일담을 상상한다든지 인

물과 서사의 다른 전개 가능성을 떠올려보는 일이 특별히 흥미로운 문학적 작업이 될 수 있으리라는 기대가 있다면, 아마도 작품의 이러한 특징과도 무관하지 않을 테다. 그렇다면 지금 우리 시대의 작가들은 이 작품을 어떻게 '다시' 쓰고, 어떻게 '이어' 쓸 수 있을까. 작품의 관건적 요소로 보이는 옥희라는 화자를 유지할 것인가. 화자를 유지한다고 하더라도 옥희의 성장사에 따라 소설은 전혀 다른 길을 밟을 수 있을 테다. 화자를 다른 인물로 바꾸는 것은 소설의 분위기와 느낌을 전혀 다른 쪽으로 이동시킬 수 있다. 희미하게 존재하는 인물에 개성과 이력을 부여하며 새로운 서사의 줄기를 만들어낼 수도 있다. 지금의 소설과는 다르게 일제강점기의 시대현실을 적극적으로 작품 속으로 끌어들이는 방법도 있을 것이다. 옥희라는 아이러니한 일인칭 화자의 존재가 뚜렷하고 상대적으로 여백과 틈이 많은 소설이라는 점에서 〈사랑손님과 어머니〉는 여러모로 '이어쓰기' 기획에 적합한 작품이라는 생각이 든다. 이동하, 박성원, 조현, 신혜진, 정

인생손님

한아, 조해진, 박규민 등 세대와 성별을 아우르며 모두 일곱 명의 작가가 이 흥미로운 문학적 모험에 동참했다. 전체 작품을 먼저 읽어본 입장에서 말하자면, 짐작과 예상은 삼가는 게 좋을 듯하다. 원작 소설에 대한 도발적이고 전복적인 해석에 기반한 전위적 작품부터 여백과 틈을 채워 넣으며 꼼꼼하게 다시 쓰기를 시도한 작품까지 다양한 층위의 참신한 소설적 상상력이 한껏 펼쳐진다. 작가의 현재적 관심을 적극적으로 투사하며 〈사랑손님과 어머니〉를 2018년 이곳으로 옮겨오고 있는 작품도 있다. 작가 주요섭의 자전적 이력 한 줄이 극적으로 되살아나면서 소설을 새로 짠 작품도 있다. 한마디로 영향과 해석의 교환(交換/交歡)이자, 상상력의 축제라 할 만하다.

이동하의 〈풍금〉은 "제가 어머니의 풍금 소리를 다시 들은 것은 그로부터 여덟 해가 흐른 뒤였습니다"라는 옥희의 목소리로 시작한다. 후일담인 셈인데, 작가는 〈사랑손님과 어머니〉가 《조광》 창간호에 발표

된 1935년 여름을 여섯 살 옥희가 살던 실제 시간으로 상상하면서 해방과 전쟁으로 이어진 한국 현대사의 시간을 소설 안에 들여온다. 정확하고 구체적인 시간관념은 후일담 소설의 튼실한 리얼리즘을 보증하는 것이기도 하다. 사랑손님이 떠나면서 굳게 닫혔던 풍금이 모녀의 생활 전면에 다시 등장하는 것은 1940년 가을 큰외삼촌의 이삿짐에 묻어 모녀가 서울로 거주를 옮기게 되는 사정과 연결된다. 어렵사리 '남행길' 이후의 생계를 꾸려가던 어머니는 3년 뒤 종로통 뒷골목의 목조 2층에 '티룸 풍금'을 열게 된다. 어머니 나이 서른둘, 옥희가 열네 살이 된 1943년의 이야기다. 가게의 이름에 '풍금'을 넣은 것은 어머니의 생각인데, 아버지가 사주었다는 그 풍금의 의미를 곱씹는 것은 소설에서 옥희의 몫이다.

아버지의 넉넉한 마음도 그렇지만 처녀 적 어머니의 꿈은 무엇이었을까 곰곰 상상하다 보면 문득문득 엉뚱한 얼굴이 떠올랐지요. 오래전에 우리 곁을 떠난 저 사랑손님의 얼굴이….

개업식 날 어머니가 연주하고 노래한 음악 또한 여덟 해 전 사랑손님과 옥희가 함께 들었던 곡이었다. 이처럼 이동하의 〈풍금〉은 원작의 정조를 세련되게 요약하고 계승한다. 그런 가운데 '티룸 풍금'은 사랑방의 시대적 변용으로 현실감 있게 이들 모녀의 삶에 재등장한다. 그렇다면 이제 후일담의 승부수는 '티룸 풍금' 혹은 '사랑채'의 손님이 되어야 할 텐데, 이동하가 준비해둔 상상력은 참으로 의표를 찌른다. 참신함도 참신함이지만, 시대적 현실적 맥락에 깊이 뿌리를 두었다는 점에서 그 상상의 무게감이 웅숭깊다. 소설을 처음 접할 독자를 위해 아껴두어야 할 대목이겠지만, 두 가지만 언급하기로 한다. 하나는 '모든 소설은 자전소설'이라는 오래된 명제의 음미다. 독자는 '티룸 풍금-사랑채'에 귀환하는 사랑손님의 모습을 보고 옥희와 어머니처럼(세상에! 제 입은 얼어붙고 말았어요. 너무너무 뜻밖의 일이었거든요. 어머니는, 잠깐이긴 했지만,

숫제 넋을 잃어버린 듯했습니다.) 놀라게 되겠지만, 진정
한 놀라움과 감동은 이 소설의 마지막에 붙은 각주
를 읽기 전까지 유보해두는 게 좋지 싶다. 한 문장으
로 된 각주, 파라텍스트가 소설 텍스트에 전혀 새로
운 숨결을 불어넣는다. 다른 하나는 전쟁통 인공 치
하의 서울에 찾아온 또 다른 사랑손님의 존재다. 이
순간, 모녀의 '사랑채'는 수난의 현대사에서 한국인이
살아낸 보편적인 공간의 이름을 얻는다. 그리고 여기
에는 전쟁과 분단의 세월을 살며 소설 언어를 일구어
온 작가 이동하의 오래된 숨결이 있다. 이 두 숨결이
빚어내는 서사의 진경은 후일담을 넘어 〈풍금〉의 독
자적 문학적 성취로도 손색이 없다.

　박성원의 〈사랑손님과 누님〉은 제목에 드러나 있
는 것처럼 옥희의 작은외삼촌을 소설 화자로 내세우
며 원작이 들려주지 않은 서사의 이면을 흥미롭게 상
상한다. 〈사랑손님과 어머니〉에서 사랑채를 나누어
쓰게 된 아저씨의 존재를 탐탁지 않게 여기며 밖으로

만 나도는 그 중학생 외삼촌 말이다. 주요섭의 원작에서 이 소년의 마음과 성정을 짐작할 수 있는 장면이 옥희에 의해 인상적으로 포착된 바 있다. 사랑손님 수발을 거들지 않는다는 옥희 어머니의 지청구에 대꾸하는 대목이다. "누님이 좀 상 들구 나가구려. 요새 세상에 내외합니까!" 되바라진 성격도 그러하지만, '내외'라는 말을 꺼내는 데서 소년이 자신의 누이와 하숙 아저씨 사이의 미묘한 관계를 얼마큼 꿰뚫고 있다는 사실이 암시되어 있다. '요새 세상'이라는 표현을 스스럼없이 쓰는 것도 예사롭지 않다. 박성원의 발랄한 '이어쓰기'가 시작되는 지점이다. 화자가 바뀌면서 옥희의 죽은 아버지, 그러니까 매형의 존재가 서사의 틈과 여백으로부터 부활한다. 매형은 생전에 외삼촌에게 많은 영향을 주었고, 소년 또한 매형을 많이 따랐다. 소년에 따르면 매형은 시대를 앞서간 열린 인물이었다.

어디 가나 인간이 문제고 억압과 강제가 문제야.

매형은 그렇게 말했다. 풀피리 부는 법을 가르쳐
준 사람도, 달걀을 삶지 않고 프라이로 만들 수
있다는 것도, 일본인 인권운동가와 친구가 될 수
있다는 것도 모두 매형이 보여주었다.

　사랑손님이 좋아하는 '삶은 달걀'에 맞서 '달걀 프라
이'를 내세운 점은 재기 넘치는 상상이라 할 만하다.
하숙 아저씨를 '조선의 전통'을 강조하는 인물로 그린
것도 서양 음악을 좋아하고 가르쳐준 매형에 대비되
는 의도적인 설정인 듯 보인다. 그런데 여기에 더해 박
성원의 소설은 '오해 혹은 오인'의 계기를 끌어들이면
서 기존 서사를 뒤집고 좀 더 복잡한 인간 이해의 지
대로 우리를 안내한다. 작가는 소년의 중학교 과학 선
생인 차형호라는 인물을 새로이 등장시키는데, 이 인
물과 하숙 아저씨, 죽은 매형 사이에 모종의 불편한
관계가 있었을 가능성을 암시한다. 아마도 매형은 당
시 사상 문제로 고초를 치렀던 듯한데, 여기에 누군가
의 '모함'이 있었다는 게 차형호 선생이 소년에게 하는

　　　　　　　　　　　　　인생손님

발언으로 드러난다. 이 과정에서 원작 소설에서도 중요한 소품으로 등장했던 손수건이 차형호 선생에게서 소년을 통해 옥희의 어머니에게 '뜻하지 않은' 방식으로 전달되고, 이 손수건은 사랑손님이 떠나는 계기가 된다. 작가가 상당히 모호하게 처리해놓은 '모함'의 진상이 무엇이든, 여기에서 중요하게 부각되는 것은 인간사에 개재될 수 있는 오해와 오인의 가능성인 듯하다. 그리고 그 과정에서 어쩌면 매형을 그리워하고 사랑손님을 밀쳐내는 소년의 욕망이 이상한 방식으로 실현된다는 사실일 테다. 박성원의 소설은 저 유명한 '무의식의 드라마'를 흥미롭게 연출하며 원작 소설의 서사적 가능성을 확장하고 있다.

조현의 〈봉선화 꽃물 들인 소녀〉는 원작의 인물과 서사적 틀을 거의 그대로 둔 채 사랑손님이 떠난 직후 두어 계절에 걸쳐 일어난 이야기를 들려주는데, 원작인 〈사랑손님과 어머니〉의 정서적 여백을 때로는 채우고 때로는 확장하는 섬세함에서 '이어쓰기'의 한 전범을 보여준다. 특히 이북 방언을 구석구석 찾아내어 옥희의 서술과 인물의 대화를 한층 핍진하고 풍성하게 만든 지점이 돋보인다. 우선 대화에서 몇 군데 예를 들어보자.

> "아저씨, 무에 그리우?" / "외삼춘, 매시 곁에 두고 싶으니까 우리 방에 걸 거야요." / "알지, 알고 말고. 낼은 옥희가 좋아하는 달걀이나 한 꾸러미 사댄." / "달걀이 여스 알이나 돼서(⋯)"

이처럼 대화에서의 자연스러운 이북 방언의 구사는 옥희의 서술에서도 발견되는 바, '슬근히' '한껏' '버룩버룩'과 같은 '북한어'의 적절한 활용으로 아이의 살아 있는 감정이 좀 더 진실되고 가깝게 다가온다. 언어 차원의 섬세한 정서적 돋을새김과 함께 조현의 소설은 원작에 나오는 그림책의 모티브를 확대하여 모녀와 사랑손님 사이의 감정적 교류에 새로운 물길을 만든다. 하숙 아저씨는 '먼 데서 그림 공부를 했고' 옥희의 동네에는 미술 선생으로 부임해왔다. 옥희의 기억 속에는 아저씨가 사랑마루에서 갱지에 무언가를 그리던 모습이 남아 있다. 이 대목의 미묘한 정황을 옥희의 시선을 통해 들려주는 조현의 솜씨는 원작의 아이러니한 뉘앙스를 착실히 따르면서 그것을 슬쩍 넘어선다. 자신의 모습과 꼭 닮아 흡족했던 그 그림은 '하지만 다시 찬찬히 들여다보니 반듯하고 예쁜 얼굴이 왠지 나보다 꽤 어른스럽게 느껴져 좀 이상하게도 생각됐지요.' 여기서 사랑손님이 자신도 모르게 옥희의 얼굴에 또 다른 얼굴을 겹쳐 그린 화법(畫法)은 옥희의 미숙하지만 의뭉스러운 이중 화법(話法)에 정확히 대응된다. 원작에서 어머니가 소중히 간직하던 책갈피 꽃잎에 '아네모네'란 꽃명을 선사하며 '사랑의 괴로움'이란 꽃말을 알려주고, '괴로움'의 반대편에 봉선화 꽃물의 사연을 도입하는 작가의 상상력도 원작의 분위기를 충실하게 계승하면서 세련화에 기여하고 있다. 그런데 봉선화 꽃물은 왜 어머니의 손톱에도 예쁘게 물들어 있는 걸까. 게다가 아저씨가 약속을 지켜 우편으로 보내온 옥희의 그림에는 꽃물 들인 손가락이 예쁘게 그려져 있기까지 하다. 조현이 '다시 쓰기'를 통해 아름답게 빚어낸 소설의 여백에 가장 흡족해하고 공감할 이는 아마도 원작자 주요섭 선생이 아닐까.

신혜진의 〈어른 중개사〉는 원작에서는 어떤 식으로든 보호와 이해의 울타리로 남아 있는 '가족'이라는 테마를 좀 더 현실적인 고통의 자리에서 변주하며 창의적인 '이어쓰기'에 도전한다. 신혜진의 소설에서 가족은 견디기 힘든 삶의 굴레로 등장한다. 남편 사별 후 여성이 아이를 홀로 키우는 원작의 상황은 얼마간 비슷한 가운데, 거기에 아이의 장애, 함께 사는 시모와의 갈등이 더해지면서 전혀 다른 가족 현실의 이야기가 전개된다. 수연이라는 여성은 '아침부터 밤까지 하루 열세 시간 동안' 식당에서 일하면서 아이의 병원비와 세 식구의 생활을 책임지는 '싱글맘'이다.

지어낸 이야기 같은 나날이었다. 하나를 얻으면 반드시 두 개를 잃어버리는 적자의 시간들…. 샤워를 하다가 귀고리 한 짝을 잃어버린 수연이 수도꼭지를 잠갔다. 새끼손톱만 한 장신구를 잃어버린 걸 마치 온 세상을 잃기라도 한 것처럼 망연자실 화장실 바닥에서 일어나지 못했다. 열심히 일했으나 피곤과 빚만 불었다고 생각하자 그만 울고 싶은 심정이 되었다.

탈출구가 보이지 않는 숨 막히는 생활의 굴레가 선연하게 감지되는 대목이다. 생각해보면 "응, 그래, 옥희 엄마는 옥희 하나문 그뿐이야. 세상 다른 건 다 소용없어"라고 말해야 하는 원작의 상황은 얼마나 끔찍하고 잔혹한 이야기이기도 한 것인가. 사랑손님의 출현과 사라짐은 그 잔혹을 연기(延期)하고 은폐하는 일종의 환상일 수 있다. 그것은 신혜진의 소설에서 아이가 엄마에게 말하는 '아야와스카'라는 아마존의 열대 환각식물 같은 것인지도 모른다. "엄마, 엄마, 아야와스카는 한번 푸르~ 해보면 다시는 하고 싶지 않대. 푸르르~ 너무 고통스럽대." 사람들이 그 환각식물을 찾는 이유는 막막한 삶에서 환상의 형식으로나마 답을 구하기 위해서이지만, 그 '맛은 끔찍하고 환상은 고통스럽다.' 신혜진이 원작을 창의적으로 해석하는 지점이라 할 만하다. 그러니 〈어른 중개사〉라는 제목은 새삼 무슨 뜻일까. 원작에서 아이는 '사랑의 중개사' 자리에 있었다. 그러나 그 자리가 결국 환상이었다면? 도리어 아이는 숨 막히는 현실의 또 다른 얼굴일 수 있을 테다. 어른들의 비루한 욕망이 매개되며 부딪치는 잔혹한 전선 말이다. 그 세상에서 또 다른 '옥희의 모'는 "남편 잡아먹은 년"이라는 진부하고 저열한 호명조차 끝내 벗어버리지 못한다. "아이고 내 새끼, 할미는 지수 하나문 그뿐이야. 세상 다른 건 다 소용없어. 우리 지수 하나문 그만이야. 그렇지 내 새끼." 신혜진의 소설에 마지막으로 놓인 저 끈덕진 발화의 귀환은 '옥희'의 자리를 어둡게 재발명하면서 원작을 좀 더 현대적이고 보편적인 인간 경험의 장으로 넓히고 있다.

정한아의 〈기차간 변사사건 관련 진술서〉는 말 그대로 전복과 파격의 '이어쓰기'고 '다시 쓰기'다. 제목에 나타나 있는 것처럼, 이 소설은 경찰에 불려온 두 사람의 진술서로 되어 있다. 하나는 '박옥희의 외삼촌 천덕구의 진술서'고, 또 다른 하나는 '박옥희의 모 천명회의 진술서'다. 그런데 '기차간 변사사건'은 도대체 무슨 소리인가. 그날 천명회의 집을 떠난 사랑손님이 기차에서 죽은 채 발견된다. 경찰의 수사가 벌어지고, 주변인들에 대한 조사가 시작되는데 심지어는 옥희에게까지 진술서를 받은 상황이다. 독자를 한층 혼란에 빠트리는 것은 소설에 제시된 두 사람의 진술이 너무 상반되며, 그 어느 쪽도 믿기 어렵다는 사실이다. 무엇보다 옥희의 작은외삼촌 천덕구가 주장하고 있는 저간의 사정은 원작의 순정하고 아련한 분위기에 젖어 있는 이라면 쉽게 상상하기 힘들 정도로 혐오스럽고 잔혹한 내용으로 가득하다. 기실 두 진술서 중 단연 문제적인 것은 천덕구의 경우이기도 하다. 사랑손님에 대한 천덕구의 혐오를 보자.

하지만 저는 그치가 누이랑 사랑놀음하느라 편지를 쓰네, 시를 쓰네, 등잔불 밑에서 노상 끙끙거리고 급기야 제 조카에게까지 치근덕거리는 꼴을 보기 싫었고, (…) 하여간 대처 나가서 먹물깨나 먹었다는 놈들은 왜들 그렇게 하나같이 위선적인지 모르겠습니다.

위선적인 혐오의 대상에는 큰형, 매형인 경선이 형님도(좀 더 충격적인 매형의 사연도 있다) 포함된다. 이들이 세상의 정의를 논하다가 누이나 경선이 형님의 여동생을 두고 미모 품평을 하는 대목은 천덕구에게 역겨움을 불러일으키는데, 인용문에 나오는 '치근덕거림'과 함께 이즈음 페미니즘의 시각에서 심하게 질타받고 있는 남성들의 추태를 떠올리게 한다. 그러나 누이 역시 청승과 위선의 측면에서 천덕구의 비난을 피해가지 못한다. 아니, 어떤 면에서 누이는 무서운 '팜므파탈'인지도 모른다. 원작에서 사랑을 환유했던 '삶은 달걀'은 덕구의 진술에서는 끔찍한 자리로 옮겨간다. 또 다른 진술자 천명희가 주장하는 것처럼 덕구는 '노서아 소설'을 너무 많이 읽어 자기 망상에 빠져 있는 걸까. 천명희의 상반되는 진술 역시 자기연민으로 분식된 의뭉스러운 어조를 띠고 있는 데다, 자신의 연정을 과잉 포장하는 지점에서 신뢰감을 잃고 있기는 마찬가지다. 그렇다면 정한아의 소설은 두 신뢰할 수 없는 화자 사이에 서사의 경합을 부추기며 일종의 진실 찾기 게임을 벌이고 있는 걸까. 그렇지는 않은 것 같고, 그런 진실 찾기가 크게 의미를 지닐 것 같지도 않다. 문제는 '변사사건'이라는 짐짓 '과도한 상상'이 잔혹하고 종종 추하기 그지없는 삶의 그림자 혹은 삶의 실재를 환기하는 지점일 테며, 그런 맥락에서라면 정한아의 전복과 파격의 '이어쓰기'는 충분히 그 문학적 성과에 도달한 것으로 보인다.

조해진의 〈연애편지〉는 사랑의 편지이면서 애도의 편지이기도 하다. 지금 이 땅의 많은 작가가 그러하지만, 조해진의 최근 일련의 작품은 '애도'의 테마와 분리해서 읽기 어렵다. 조해진은 원작 〈사랑손님과 어머니〉에서도 애도의 자리를 깊이 읽어내고, 거기에서 소설의 '이어쓰기'를 시작한다. 유복자로 아버지를 잃고 사랑손님과의 기약 없는 이별도 겪었지만, 옥희가 가슴 시린 애도의 자리에 제대로 도착하는 데는 오랜 시간과 또 다른 상실의 아픔이 필요했으리라. 조해진 소설은 이 시련과 성숙의 시간을 상상하면서 인간사의 깊은 '허망' 앞으로 우리를 데려간다. 그러나 그 허망은 생을 '호위'하고 삶을 살아내게 한 힘이라는 점에서 대책 없는 허무와 구별된다. 조해진이 상상한 후일담에서 옥희는 열아홉 살에 서울로 유학을 갔고, 서울에서 결혼과 한국전쟁을 치렀다. 휴전 후 몇 년이 지난 지금은 스물여덟의 나이로 어머니의 장례를 위해 고향에 내려와 혼자 머물고 있다(다른 소설들이 대개 옥희의 고향을 이북으로 상정하는 데 비해 조해진의 소설은 고향을 서울 아래 남쪽으로 잡고 있다. 이 지리적 상상은 휴전선을 경계로 북에 남게 된 사랑 아저씨와의 단절을 부각하기 위한 것이리라). 가벼운 감염이었을 수도 있는 어머니의 상처는 전후의 궁핍한 환경에서 마흔 중반의 나이에 갑작스러운 죽음으로 이어졌고, 어머니를 제대로 돌보지 못했다는 자책은 옥희의 상실과 슬픔을 더욱 크고 아프게 만들고 있다. 옥희는 고향집 창고에서 20년 넘게 방치된 풍금을 발견하는데, 풍금을 열자 어머니가 세상을 뜨기 한 달 전 아저씨에게 쓴 편지가 나온다. 그 편지가 소설의 말미에 제시된 어머니의 '연애편지'일 테다. 어머니의 생애를 채우고 있던 두 번의 깊은 상실에 다가가는 데 어머니의 죽음이라는 또 다른 상실이 필요했다는 쓰라린 역설이 여기 있다. 옥희가 휴전선 북쪽 평안도 덕천에 살고 있다는(그러나 북녘 땅 구석구석까지 가해진 폭격으로 짐작건대 아저씨의 생존 가능성 역시 높지 않다) 아저씨에게 부치지 못할 애도의 편지, 소진되지 않는 슬픔의 편지를 쓰게 된 경위다. 그 슬픔에 대해 옥희는 첫 번째 편지에서 이렇게 쓰고 있다.

미래의 어느 날에도 한 줌의 후회도 하지 않을

만큼 충분히 슬퍼하기 위해, 누군가가 이제 더 이상 슬프지 않느냐고 물었을 때 그 겨울 동안 슬퍼하는 것 이외에는 아무것도 하지 않았으므로 현재는 내가 조절할 수 있는 슬픔만 남아 있다고 대답하기 위해…

그런데 이 다함없는 슬픔을 향한 의지가 비단 옥희의 몫이나 옥희의 시대에 그치지 않고 지금 우리의 몫, 우리 시대의 이야기로 이어지고 있다는 느낌은 왜일까. 옥희가 돌아가신 어머니의 생일날 쓴 세 번째 편지에서 다시 한번 '한 계절 내내 슬퍼했지만 슬픔은 아직 소진되지 않은 것입니다'라고 쓸 때, 이 또한 우리 시대의 하염없는 풍경으로 육박해오는 것은 왜일까. 조해진의 특별한 후일담은 다분히 현재적인 호소로 채워져 있는 듯하다.

박규민의 〈인형놀이의 밤〉도 조해진처럼 소설의 시간과 배경을 한국전쟁기로 데려간다. 좀 더 구체적

인생손님

으로는 1·4 후퇴 후 임시수도가 된 부산이고, 김동리가 피난지 가난한 예술인들의 집결지로 그려낸 '밀다원'(〈밀다원 시대〉, 1955)과 마주한 한 다방이다. 박규민은 이번 '이어쓰기' 기획에 참가한 작가 중 가장 연소한 축(1993년생)에 속하는데, 원작의 인물들을 고난의 한국 현대사, 그것도 간난했던 한국 문학사의 한가운데로 옮겨놓는 상상력이 흥미롭다. 소설의 첫 대목은 간밤에 맞은편 다방에서 약을 먹고 10분에 걸쳐 유서를 쓰며 자살한 시인의 이야기를 전하고 있는데, 작가가 소설 마지막에 각주로 밝히고 있는 것처럼 밀다원에서 같은 방식으로 생을 마감한 전봉래 시인의 실화를 그대로 옮긴 것이다. 소설이 진행되면서 우리는 화자가 다방에서 '레지'로 일하는 옥희라는 사실을 알게 되고, 그녀가 이야기를 들려주는 상대가 사랑손님이 선물로 남긴 인형이라는 것도 알게 된다. 이야기를 전하는 옥희의 목소리는 조금 낯설기까지 하다. 험한 세상을 지나며 세파에 찌든 목소리다.

나는 그 이야기를 듣고 처음에는 조금 우습다고 생각했어. 이 전쟁통에도 죽음에는 익숙해질 수 없다는 게, 그리고 시체를 결국 글쟁이들이 치웠다는 것도 어딘가 앞뒤가 안 맞는 듯해서 말이야. 내 경험에 비춰 보자면 예술가들은 무슨 문제를 해결하기는커녕 문제를 더 만들지 못해서 안달이 난 양반들이었어.

왜 아니겠는가. 서울로 유학을 왔다가 전쟁이 나자 고향의 어머니와는 연락이 끊어진 채 피난길에 올랐고, 지금은 가난하고 지질한 문인, 화가들을 상대하며 밤이면 다방 위 좁은 다락방에서 눈을 붙여야 하는 신세다. 그런데 기적 같은 순간이 찾아온다. 다방에서 열린 어느 피난 화가의 유화 전시회 그림들을 뒤늦게 살펴보다 만나게 된 축복 같은 선물. 그리고 부둣가 노동자로 살아가며 그림의 꿈을 이어가고 있는 사랑채 아저씨와의 만남. 이 과정은 일면 극적으로 구성된 느낌은 없지 않되, 세기를 격해 작가로 살아가는

인생손님

이 땅의 한 후배 젊은 작가가 고난의 한국 현대사를 통과해야 했던 원작의 인물들에게 바치는 뒤늦은 송가일 수 있겠다는 생각도 든다. 게다가 '밀다원 시대'라면 충분히 개연성 있는 기적이기도 할 테다. 그리고 무엇보다 '인형놀이의 밤' 이후에 찾아올 시간을 기다리는 옥희의 목소리에는 궁핍한 시대, 자살한 시인의 거리 장례식을 기억하는 성숙이 있지 않겠는가.

그래도 방금까지 살아 있던 동료를 바로 땅에 묻고 싶지는 않아서 시체를 거적때기에 덮어두기만 했는데, 그때 소설가 한 명이 외투 주머니에서 독한 소주 한 병을 꺼냈대. 그리고 이야기를 시작했다는 거야. 슬프지 않은 목소리로, 그 시인이 생전에 했던 농담과 행동들을 소재로 삼아, 마치 끔찍한 일은 조금도 일어나지 않았다는 것처럼.

그러니까 '밀다원 시대'는 세상의 비참과 싸웠던 '예술의 시대'이기도 했던 것이다. 이는 일제강점기 한복

판에서 쓰인 원작 〈사랑손님과 어머니〉에 대한 말 없는 찬사일 수도 있지 않을까.

인생손님

사랑손님과 어머니 이어쓰기

초판 1쇄 발행 2018년 6월 30일

원작 주요섭
지은이 이동하 박성원 조현 신혜진 정한아 조해진 박규민
기획 대산문화재단
발행인 이한우
총괄 한상훈
편집장 김기운
기획편집 김혜영 정혜림 **디자인** 이선미 **마케팅** 신대섭

발행처 주식회사 교보문고
등록 제406-2008-000090호(2008년 12월 5일)
주소 경기도 파주시 문발로 249
전화 대표전화 1544-1900 **주문** 02)3156-3681 **팩스** 0502)987-5725

ISBN 979-11-5909-646-4 03810
책값은 표지에 있습니다.